다우니의 조약돌

다우니의 조약돌

김성옥 수필집

선우미디어

글꽃되어 피었다

김영중 | 수필가

<한국수필>로 등단한 수필가 김성옥 선생이 등단 4년 만에 60의 나이를 기념하는 첫 수필집을 출간한다니 반갑기 그지없다. 기쁨을 담아 축하의 큰 박수를 보낸다. 선생의 체온과 체취가 어린 글꽃들을 담을 글 그릇을 만들게 된 것은 고무적인 일이며, 아름답게 피어난 글꽃들이 자랑스럽다.

강과 바다에 널려 있는 조약돌은 처음부터 그 모습으로 존재한 것은 아니다. 물에 씻기면서 조약돌이 되어가듯 김 선생 역시 오랜 문학수업을 통해 수필에 대한 작법의 깊이를 쌓아올렸다. 김 선생은 그동안 자신이 경험한 가공하지 않은 진실들에게 문학이란 미적 옷을 입혀서 주옥같은 글꽃으로 피워내기 위한, 즉 글 날을 세우는 노력과 정성을 기울여왔기에 이렇듯 한 권의 작품집이 출판되는 결과를 가져온 게 아닌가 한다.

생면부지의 사람들이 꿈을 품고 수필교실에 모여 자기를 소개하며 첫 인사를 나눌 때, 서로에게 새로운 인연이 시작된다. 김성옥 선생과도 글 길에서 만나 보배로운 사이가 되어 살아가는 즐거움이 되고 있다.

김성옥 선생은 화끈하거나 뜨겁거나 열정적이지 않은 덤덤한 성격의 사람이다. 두 팔을 벌리고 달려오는 사람도 아니고, 한 동안 뜸하다 만나도 어제 본 듯 늘 가까이 있었던 것처럼 느껴지는 그런 사람이다. 누구나 가까이할 수 있는 소탈한 사람이고, 상대의 말을 잘 듣는 순진한 사람이다. 조심이나 경계하는 마음의 빗장을 걸지 않아도 되어 상대를 편하게 하는 사람이고, 자연을 찾아 길을 떠나는 여유를 즐기는 사람이기도 하다. 무엇보다도 따뜻한 가슴을 가진 선생은 나누고 베푸는 것을 좋아하는 인간미가 있다. 그래서 그의 주변에는 늘 사람들이 모여들며, 풍요로움을 함께 나누기에 작가의 작품에도 자연과 사람에게 쏟는 풍요롭고 따스한 정의 분위기에 젖게 하며, 인간의 최고가치가 사랑임을 형상화하고 있다.

수필은 체험의 문학이다. 수필가의 다양한 체험은 다채로운 수필을 빚을 수 있는 원천이 된다. 한 권의 수필집에는 그 작가의

삶과 인생이 고스란히 담겨 있기에 독자는 자연히 그 작가의 개성
과 사랑, 상처, 눈물까지 알게 되고 친근감을 느끼게 된다.

글 쓰는 작가는 세상의 어느 것도 무심히 스쳐가는 것이 없다.
흰 구름 한 가닥, 그 구름의 빛깔, 풀 한 포기의 생애, 사물의 그늘,
그리고 살아있거나 사라지는 것에 대해 무관심하지 않는다. 글쓰
기는 모든 것에 대한 사랑이기 때문이다.

김성옥 작가는 일찍이 경험한 상처의 아픔, 내면의 고통을 글쓰
기로 치유하며 창작의 모태로 삼아 아름다운 글꽃들을 피워냈기에
감동을 준다. 우리들의 평범한 일상 속에 문학이 있고, 진실한 삶
속에 수필이 있다. 가슴이 따뜻한 작가의 수필, 글꽃들이 고단하고
힘든 이들에게 위안이 되기를 바라며 건강과 건필을 기대한다.

하늘을 바라봅니다

삶에 감사합니다. 하늘로부터 참 많은 것을 받았습니다. 견딜 수 있을 만큼의 어려움을 주시고 몇 배로 갚아주신 은혜에 감사합니다.

낯선 이국땅에서 새로운 인생을 배우며 부닥치는 시련과 고통, 때로는 쓸쓸함, 그리움으로 애가 탈 때면 나는 하늘보기를 좋아했습니다. 나는 지금도 감사함으로 하늘을 바라봅니다. 오직 한 분, 치유와 사랑의 근원이신 분이 저 하늘에 계시기 때문입니다.

2012년은 내 생명의 큰 축복을 받은 기념의 해입니다. 감사의 기념으로 그동안 문학수업을 하며 틈틈이 써왔던 글들을 모아 한 권의 책으로 묶습니다. 그런데 수필이 지극히 개인적인 고백의 글이다 보니, 나의 거칠고 투박한 모습이 고스란히 드러나 부끄럽고 또 민망합니다.

사람들은 이루기 힘든 일을 '하늘의 별 따기'라고 합니다. 비록 졸문들이지만 첫 작품집을 출간하게 되니 '하늘의 별'이라도 딴 듯 스스로 대견하고 행복합니다. 영글지 않은 미완성의 글이라 해도 나의 글을 통해서 지치고 외로운 분들에게 위로가 되고 나의 소박한 행복에 공감한다면 충분한 기쁨이 될 것 같습니다.

'다우니'는 내가 살고 있는 마을입니다. 투박하고 거칠기만 한 내 글들이 오랜 세월 물살에 깎이고 깎인 예쁜 조약돌처럼 다듬어지기를 바라는 염원에서 책제를 ≪다우니의 조약돌≫이라 정했습니다.

LA수향문학회 문우들이 있어 내 인생의 가을이 더 활기차고 풍요롭습니다. 또 지치고 포기할 때마다 힘을 실어 주시고 용기와 훈계, 애정으로 다듬고 채워주신 김영중 선생님께 고마운 마음을 전합니다. 대기와 햇빛 그리고 물을 거르지 말아야 할 꽃나무처럼 글밭을 태만 없이 가꾸고 정진하겠습니다. 부족한 글을 격려하고 작품평을 해주신 정목일 선생님께 큰 절을 올립니다. 책 출판을 위해 정성과 수고를 아끼지 않은 선우미디어의 이선우 대표님께 감사의 인사를 드립니다.

내 인생의 축을 이룬 가족들, 친구, 모든 분들께 사랑을 담아 이 책을 바칩니다.

2012년 11월에

김성옥

| 차례 |

Chapter 1 나무 쟁반

 오월의 신부

나무 쟁반

쟁반은 담는 역할과 받쳐주는 구실을 하는
요긴한 그릇이다.
시집 가면 쇠나 멜라닌처럼 부딪혀도
요란한 소리를 내지 말라는 당부가 들어 있다.
며느리로, 아내와 엄마로서
묵묵히 가족의 뒷바라지를 잘하라는 당부를
나무쟁반으로 대신하신 것이다.

레몬 나무

레몬 나무가 뒷마당 한켠에 자란다. 2년 전 지인 댁을 방문했을 때 그 댁 마당에 싱그러운 향기와 함께 샛노란 열매를 탐스럽게 맺고 서있는 레몬 나무가 내 시선을 붙잡았다. 말없이 땅속에 뿌리를 박고 굳건하게 자라나 열매를 맺은 레몬 나무는 삭막한 도심에 활력을 불어 넣어주며 운치와 서정을 느낄 수 있는 공간이 되고 있었다.

여름철 손님들에게 얼음을 넣은 꿀물에 레몬즙을 넣은 주스는 상쾌하면서도 일품이다. 다른 음료수보다 맛도 좋고 건강식이다 싶어 나도 레몬 나무를 사다 심기로 했다.

나무 시장에 가보니 레몬 나무의 종류도 한두 가지가 아니었다.

앞뒤 꼭지가 뾰족한 것, 알이 굵은 것, 작은 것 등등. 맛이 시지 않고 단맛이 나는 한 그루를 택해 적지 않은 가격을 주고 우리 집 뒤뜰에 심어 놓고 어린아이 돌보듯 정성을 쏟으며 매일 바라보았다. 그런데 몇 달이 지나도 아픈 나무처럼 성장하는 기미를 보이지 않고 묵묵히 자리만 지키고 있어 마음을 편치 않게 했다.

생명이 있는 것은 변화가 있다. 무수히 겪는 우여곡절의 끝이 죽음이라도 그 과정은 바뀌고 달라지는 것이다. 모양새가 올곧고 튼실하게 변한다면 얼마나 좋을까마는 주변 환경과 여러 가지 이유로 제대로 자라지 못하는 경우도 흔하다. 생산 없는 과실수와 같이 사람도 태어나 자기 몫을 다하지 못하는 일도 다반사이다. 한창 발랄하고 꿈도 많을 나이에 잘못 사귄 친구 때문에 교도소에 가 있는 아이가 생각난다. 그 댁에 가면 하나뿐인 아들이 보이지 않아 궁금하였는데 당분간 친척집에 가 있다고 했다. 몇 년이 흐른 어느 날, 가까운 가족을 통해 7년형을 선고받아 복역 중이라는 이야기를 듣게 되었다.

세상에는 정말 믿기지 않는 일들이 생긴다. 남의 불행을 보면서 아픔을 함께 나누는 것은 누구나 할 수 있는 일이지만, 한편으로 자신은 그렇지 않다는 다행함을 발견하는 것은 인지상정이다. 잠깐이 아니라 7년의 옥고를 치러야 한다니 가슴을 칠 노릇이지 않은가. 길이 아니면 가지 말고, 옳은 말이 아니면 듣지 말라는 이야기를 해 주기엔 이미 늦은 일이었다.

얼떨결에 친구를 따라가서 자동차 안에 있었지만 인질사건 현장에서 망을 본 것으로 판결이 났단다. 살다보면 억울한 일도, 대성통곡할 일도, 하늘만이 아는 일도 있나 싶다. 16세의 나이보다 순진하고 착해 바보같아 보이기까지 한 그 녀석이 눈에 아리게 어려온다. 부모가 면회를 가면 잘 있다 갈 터이니 다시는 오지 말라고 신신당부한다는 그 아들은 아직도 3년을 더 기다려야 자유롭게 볼 수 있다.

식물도 동물도, 사람까지도 커가면서 겪는 성장통이 있다. 그 과정을 순탄하고 별 탈 없이 유지한다면 축복이요 은혜일 것이다. 커가는 과정에서 따듯한 사랑과 보살핌과 정이 더해지면 구박받고 따돌림을 당한 것보다 분명 나을 것이다. 사랑을 많이 받고 자란 사람은 역시 많이 나눌 줄 안다. 과보호와 잦은 간섭은 기를 죽이고 나약하게 만드는 요인이 되지 않을까.

요즘 사람들은 자녀를 하나 둘만 낳고 단산을 하니 여러 형제가 티격태격하며 자란 우리와 질적으로 다르다는 것을 느낀다. 자기중심의 이기적인 아이들이 대부분이다. 나눌 줄도 베풀 줄도 모르며, 고집불통으로 자라는 아이들이 신세대 아이들이다. 남들보다 더 가져야 하고 성공해야 하는 올무에 매여 스스로 여유를 잊고 사는 것 같아 답답하다. 내 어린 시절이 그리워져 자꾸 기억함은 나이 탓만은 아닐 것이다.

긴 여름을 무더위와 씨름하다 보니 힘든 건 나뿐만이 아니라 뒷마당의 나무와 채소들도 마찬가지였나 보다. 물을 아껴 쓰라는 주정부의 간곡한 부탁에 동의하며 찬성한 결과도 한 몫을 단단히 거든 건 사실이다. 뜨거운 태양 볕을 쬐며 한껏 농익어야 할 열매들이 하나 둘 힘없이 떨어져 누워 있다. 노랗게 익어야 할 레몬 나무도 받은 사랑을 갚지 못해 미안한지 우두커니 서 있는 것이 안타깝다. 은혜를 모르는 게 어찌 말 못하는 너뿐이겠는가. 생선 썩힌 비료가 좋다기에 고약한 냄새에도 코를 막고 부어주었다. 물도 아깝지 않게 자주 주고 벌레 먹은 잎사귀도 떼어주었다.

이제 대여섯 송이 피어난 향내 나는 레몬 꽃을 보니 신기하고 반가웠다. 어려운 조건이었지만 탐스러운 열매로 보답할 날을 기다려본다. 그 댁 아들이 출소하여 만나는 날, 시원한 레몬주스를 잔에 가득 따라 주리라.

나무 쟁반

세월과 함께 늘어가는 것이 살림살이다. 몸에 군살이 붙듯이 생겨나는 물건들, 허접스런 그릇 하나에도 사연이 있고, 천성이 그러한지 손때 묻은 물건들을 처분하는 일이 쉽지 않다. 이제는 용감하게 버리는 연습이 필요한 나이라는 생각에서 며칠 전, 과감히 차고부터 정리하기로 했다.

쌓여 있는 상자와 보따리를 하나하나 풀어보았다. 사놓고 잊어버려 가격표까지 그대로 붙어있는 자명종 시계, 구제기관에 보내려고 잔뜩 모아놓은 옷가지들, 이민 올 때 가져온 검은 가방이 숨이 멎은 곰처럼 쓰러져 먼지를 이고 있었다. 모두 까맣게 잊고 있던 물건들이다. 가족의 역사가 있는 이민가방을 열어보니 불필요한 잡동사니들이었고, 색깔 고운 차렵이불만 눈에 띄었다. 반가운 마음에서 꺼내 툭툭 터는 순간 무엇인가 떨어지며 부서지는 소리가 났다. 떨어진 물건은 다행히 금만 가고 깨지지 않은 나무 쟁반이었다.

쟁반을 드는 순간 내 가슴은 감동으로 뛰었다. 결혼할 무렵, 전기부속 생산 공장을 운영하시던 아버지가 통나무를 깎아 손수 만들어 내게 주신 쟁반이었다. 투박한 모양이 별로 마음에 들지 않아 간수만 했으니 아버지의 공이 부질없이 되고 만 셈이다. 그러나 버려서는 안 될 것이기에 이곳까지 가지고 온 것 같다. 아버지가 왜 나무로 쟁반을 만들어 주셨는지 삼십여 년이 지난 지금에야 그 가르침을 헤아리게 된다.

쟁반은 담는 역할과 받쳐주는 구실을 하는 요긴한 그릇이다. 시집 가면 쇠나 멜라닌처럼 부딪혀도 요란한 소리를 내지 말라는 당부가 들어 있다. 며느리로, 아내와 엄마로서 묵묵히 가족의 뒷바라지를 잘하라는 당부를 나무쟁반으로 대신하신 것이다.

아버지의 정성과 가르침이 담긴 나무 쟁반은 어느 쟁반보다 귀한 것이기에 우리 집안의 가보로 보존하고 싶다.

굼벵이도 뒤집게 한다

부지런하다는 것은 무엇인가, 남보다 일찍 일어나고 더 많이 땀을 흘리며 일하는 성실성이고, 그 특성은 곧 신속성일 것이다.

종손의 맏딸로 자라 부모님의 너그러운 사랑으로 잘못 든 버릇일까, 아니면 타고난 성격 탓일까, 나는 어려서부터 다른 사람보다 한두 박자씩 느려 재빠른 행동을 하지 못해 식구들이 함께 움직일 때는 애물단지가 되었다. 그런 딸의 버릇이 부모님 마음에 찰 리가 없으니 고쳐 보려고 애를 많이 쓰셨다.

나는 아침형 인간이 아닌 안전형 인간이다. 아침에 기상했을 땐 어느새 해는 중천에 떠 있어 숱한 사람들이 거리에 나와 있을 시간이고 식구들은 모두 나가 집안엔 나 혼자이곤 했다.

학창시절에도 등교시간에 항상 늦는 단골 지각생이었으나 기적
같은 일은 9년 동안 개근을 했다는 사실이다.

한 번 버릇이 되면 그 버릇에서 벗어나기가 어렵다. 결혼 후에도
부지런하지 못한 내 습관 때문에 곤혹스런 일들이 빈번이 일어났
다. 시댁에서 첫날을 보낸 아침, 두런거리는 소리에 눈을 뜨니 식
구들이 조반상에 둘러 앉아 식사를 하고 있었다. 아랫목에서 잔
내가 윗목으로 밀려 옮겨져 있지 않은가. 어찌나 무안한지 자는
척은 했으나 바늘방석이 따로 없었다. 착한 시댁 식구들은 서울
며느리가 먼 시골까지 내려오느라 얼마나 피곤했으면… 넓은 마음
으로 감싸 주셨지만 늦잠 자는 내 버릇은 연일 계속되었다.

시부모님이 서울에 상경하셔서 아들 집에서 며칠을 계신 적이
있었다. 아침에 며느리는 잠을 자고 아들과 손자는 며느리가 깰까
봐 조용히 집을 나서는 모습을 보면서 당신들이 올라와 있어서 며
느리의 심기가 불편한 것이라고 오해를 하셨다. 오해를 풀어드리
기 위해 늦잠 자는 내 버릇을 솔직히 고백했다. "한 가지 흉 없는
사람이 없다고 왜 그리 아침잠이 많으냐."고 하신 후부터는 일절
말씀이 없으셨다.

이민을 와서 초기에는 직장이 없었기에 여전히 늦잠을 즐기며
상팔자 노릇을 했다. 그러다 일을 하게 되었다. 취직한 곳은 꽃집
이었다. 규칙적인 생활에 적응이 안 되어 있던 나는 그야말로 시간

과 사력을 다해 싸웠다. 안 될 것 같던 일도 일단 훈련이 되니 차츰 느림에서 빠름으로 바뀌며 부지런해졌다. 그 후, 내가 꽃가게를 운영하게 되니 시간에 맞춰야 하는 꽃 주문, 배달 등 모든 일을 일사천리로 끝내야 안심이 되었다. 생존과 직결된 신용의 문제이기에 '빨리 빨리'란 말을 온종일 입에 달고 신속하게 움직이며 살게 된 것이다. 이 세상에 무엇 때문에 안 된다는 것은 없다. 하면 된다는 적극적인 사고가 굼벵이도 뒤집게 하는 것이 인생살이의 묘미이다.

우리 민족은 무척 서두르는 문화다. 매사에 빨리 빨리, 당장 해치우고 끝을 내야 직성이 풀리니 자연 실수가 따르게 마련이다. 요즈음 내가 그렇다. 지난날의 느림과 게으름의 시절이 때로 그리워지기도 하지만 결코 다시 돌아가서는 안 될 버릇으로 극복하지 않았는가,

'게으름은 우리의 영혼에 낀 때이며 우리의 영혼을 갉아먹는 독'이라는 말을 가슴에 새기며, 빠름과 느림 사이의 균형을 위해 더욱 노력하리라.

본 대로 느낀 대로

새들도 연어도 귀소본능이 있다는데, 학같이 긴 목을 빼고 고향을 그리며 사는 해외교포들은 고국을 향한 귀소본능의 목마른 갈증이 있다. 어느 시인은 '고국이란 뚜껑을 덮어 놓은 보물상자 같다'고 했다. 자꾸 열어 보고 싶고, 가고 싶은 곳이기 때문이다.

이민생활 25년, 고국을 방문한 횟수는 고작 3번뿐이었다. 부모님이 세상을 떠나시고 형제들까지 이민 온 후로는 고국 방문의 기회가 쉽지 않았다. 이번 고국 나들이로 서울에 체류하는 동안 변모된 조국의 많은 것을 보고 느끼게 되었다.

정릉에 있는 친정집, 유년 시절을 보낸 을지로 3가의 본가를 찾는 일은 쉽지 않았다. 광교에 있던 60년 전통과 역사의 숨결이 배어있는 초등학교 건물도 자취를 감추었고, 중학교 건물은 최신형 호텔로 바뀌어 있었다. 옛날 그 모습대로 있었다면 얼마나 큰 위안과 즐거움이었을까. 놀랍게 변한 낯선 거리에서 나는 마치 이방인 같았고 엉거주춤 어색한 한국인이었다.

세계화로 가는 길에 옛집이나 고적들은 희생되어 사라졌고 현대화 물결로 새롭게 단장된 도시는 국제적으로 손색이 없는 잘사는 나라로 몰라볼 정도로 변모되었다. 아파트마다 공원이 조성되어 시민들에게 쉼터를 제공하고 편의 시설도 잘 꾸며져 있다. 지하철역은 상가와 연결이 되었으며, 역 간판에는 시화가 그려져 있기도 했다. 65세 이상의 노인에게 제공되는 지하철 무료승차권은 노인들에게 효자노릇을 하고 있었다.

서울 예술의전당은 훌륭했다. 클래식 음악을 하는 심포니 홀과 오페라 건물, 국악원이 따로 자리하였으며 한강에는 바람을 가르며 유람선이 떠다니고 있었다. 미화부 아저씨들의 수고로 서울 거리는 참으로 깨끗했다. 도심의 풍경은 넘쳐나는 인파에 밀리고 어깨를 부딪치며 지나도 모두가 정겨운 동족들이다. 교통은 어찌나 복잡한지 10분이면 갈 수 있는 거리도 1시간이 넘도록 가다 서다 하는 교통지옥이었다.

친구의 호의로 여행을 하였다. 관광버스에 몸을 싣고 답답한 도시를 벗어나 여러 지방을 구경했다. 달리는 차창 밖으로 바라보는 고국의 산천은 아름답고 평화스런 풍경이었다. 시선을 멎게 했던 것은 공원묘지가 아닌 산 중턱이나 들판에 둥글게 솟아 있는 무덤들이었는데 그 무덤들은 저마다 후손들의 빈부의 차이를 드러내고 있음을 볼 수 있었다.

고국에는 먹을 것이 또한 풍부했다. 어디를 가든지 식당 간판이 없는 곳이 없었다. 김밥이나 떡볶이, 전골, 한정식에 이르기까지 다양한 메뉴를 즐길 수 있어 행복했다.

세월이 바뀌어도 변하지 않은 것은 오직 사람들의 인심이요 정뿐이다. 오랜만에 만난 가족들은 질기고 진한 유대감이 얽혀 허물이 없다. 버릴 수 없는 사연들, 서로 공유하는 추억들을 꺼내 나누며, 마음 놓고 웃고 떠드는 만남의 시간을 즐길 수 있었다. 먼 데서 오신 손님이라고 이 사람 저 사람으로부터 맛있는 음식대접을 받는 일이 이어졌다. 소화해내기 힘들었지만 사양할 수 없는 처지라 꼬박 챙겨 먹다보니 체중이 늘어나 활동하기에 불편은 겪어야 했다.

여행은 많은 것을 보고 느끼게 되는 기회다. 그러나 보고 느끼는 것은 한계가 있다. 행복을 느끼는 것이다. 서울도 살기 좋고, 미국도 살기 좋다. 누군가 '서울은 재미있는 지옥이고, 미국은 재미없는 천국'이라고 했다. 아마도 복잡과 단순을 유머로 표현했을 것이다. 재미 없는 천국보다 재미 있는 지옥이 싫지 않은 것을 보니 내가 나서 자란 곳, 서울 체질인 듯싶다.

영어 공부

미국의 한인 이민 역사는 109년이 넘었다. 제물포를 떠난 갤릭 호가 1903년 1월 13일, 하와이 호놀룰루에 도착한 것이다. 사탕수수 농장의 일꾼과 가족으로 온 102명부터 시작되었다고 한다. 이젠 50개 주 어디를 가도 우리 동포들을 곳곳에서 만날 수 있다. 먼 여행길에 비슷한 동양인을 보면 '한국 분이세요?' 하고 서로 조심스레 묻는다. 반갑고, 열심히 사는 모습들이 아름답다. 우리 1세들은 좀 더 잘 살아 볼 기대에 최선을 다했다. 나는 서울에서 남매가 14살, 8살 때 LA에 왔다. 1.5세인 우리 아이 또래는 한국어, 영어가 자유스럽지만 그렇지 못한 경우도 가끔 있다.

일찍 올수록 차츰 모국어를 잊기에 집에서는 꼭 한국말을 썼다.

언어라는 게 쓰지 않으면 잊어버리기 때문에 이중언어를 하는 게 좋다. 우리 딸과 아들의 영어 발음도 적잖은 차이가 난다. 초등학교 2학년 때 온 딸은 발음이 제법 그럴 듯하다. 중학교 2학년 때 온 아들은 그렇지 못하다. 동생이 오빠한테 발음 교정을 해주면 자존심에 화를 낸다. 내가 봐도 신기하니 외국어는 어려서부터 배워야 하는 것 같다. 우리 나이에 영어 공부를 아무리 해도 본토인과 어울리면 어딘지 어색한 건 사실이다. 나는 코리아 타운 근처에 살면서 한국사람 상대로 꽃가게를 하였다. 영어를 꼭 해야 될 일이 많지 않으니 그럭저럭 배운 실력도 없어지고 말았다. 어쩌다 영어를 하려면 쑥스럽고, 틀릴까 봐 겁부터 나서 엉망이 되곤 했다. 그것도 급하면 나도 모르게 한국말이 생각보다 먼저 나와 버린다. 스스로 기가 막혀 웃으면 옆에 있던 아이들이 "엄마, 제발 웃지 좀 마세요. 무시하는 줄 알아요" 한다. '웃는 얼굴에 침 못 뱉는다'고 웃어넘기는 게 편하건만, 그것도 아니란다.

우편물 지옥인 이곳엔 수도 없는 Junk Mail이 쏟아져 들어온다. 그중에 필요한 것을 대충 찾아 읽은 다음 아들 딸에게 넘긴다. 잘 읽고 무엇인가 확인하라는 뜻이다. 한국서 낳아 성장하다 온 아이들은 미국사람도, 한국사람도 아닌 반쪽이다. 정체성이 확실치 않아 측은해 보일 때가 종종 있다. 삶의 기본인 의식주 문제부터 커가면서 겪는 어려움까지 그렇다. 가정은 전형적인 한국 분위기인데, 나가면 미국 사회에 적응해야 된다. 학교에 다녀 영어를 배우게 되면 부모님 통역 심부름과 주위 사람들의 부탁까지 큰 스트레스가 되기 일쑤이다. 어설프게 하는 모국어와 영어라도 알면 필요하기 마련이다. 피는 물보다 진하다고, 한국 음식을 좋아한다. 언제나 우리나라 사람 입장에 서서 편을 들며 정이 많다. 의협심이 강하고 성질이 급한 우리 민족은 태평양을 건너와도 변하지 않는다.

영어는 몸에 입는 모든 것을 'Wear'로 해결하는 말이 많다. Wear shirt, wear jacket, wear pants, wear hat, wear scarf, wear gloves, wear socks, wear shoes… . 한국어는 '모자를 쓴다, 목도리 두른다, 옷은 입는다, 옷을 걸친다, 장갑을 낀다, 신발과 양말은 신는다… 등등' 다양하다. 내 조카는 모든 걸 입는다고 말한다. 모자도 입고, 양말도 입고, 목도리도 입고 하물며 신발도 입는다. 모르면 용감하고 편해지는 것일까. 열 살이 되었지만 틀리게 말하는게 귀엽게 보일 때도 있다. 마찬가지로 우리가 영어를 잘 못하여 더듬거려도 알아듣고 이해하지 않을까. 어쩌다 그렇지 않은 경우도 있다.

오래 전, 차량국(DMV)에 가서 면허갱신 문제로 아는 영어를 다 써 가며 소신껏 말을 했다. 빠끔히 쳐다보며 'What?' 하고 되묻길래 정성스레 상황을 설명해 주었다. 결국 하는 말이 "I don't understand." 난 더 이상 아무 말도 못하고 되돌아 나왔다. 다음 날 아들을 앞장 세워 해결을 보았다.

우리 1세들이 영어를 잘 못해 당하는 불이익이 얼마나 많던가. 그걸 알면서도 영어 공부가 잘 안 되는 이유는 무엇일까? 물으면 괴로워진다. 미국 직장에 다년간 근무하여 능수능란하게 영어를 말하고 쓰는 부러운 친구가 있다. 어디를 가도 옆에 있어주면 든든하다. 차근히 말하면서 덧붙이는 손짓과 얼굴 표정이 미국 사람을 많이 닮았다.

아는 것도 말 못하는 것처럼 불편하고 속상한 일이 어디 있을까. 로마에 가면 로마법을 따르듯 그 나라 가면 그 나라 말을 해야 한다. 할 말 못하고 하는 말 알아듣지 못하는 건 또 다른 장애인 것이다. 여기서 살 만큼 살아도 영어보다 한국 말이 편한 건 익숙지 못한 영어 실력 탓일 게다. 작심삼일이었던 회화 공부를 마음 잡고 다시 한 번 해보자. 시작이 반이고, 아는 것이 힘이고, 천리 길도 한 걸음부터라고 어울리는 말들을 모두 기억해 낸다.

웃지 못할 이야기가 생각난다. LA 누구네 집에 한국서 부모님이 방문을 오셨다. 그날 밤 손자 손녀에게 할아버지와 할머니께 안녕히 주무시라는 인사를 드리라고 했다. 방문을 열고는 "할머니, 할아버지, 안녕히 주구십시오." 했다고 한다. 눈에 넣어도 아프지 않을 손주로부터 안녕히 죽으라는 인사를 받다니….

내가 아는 분은 자녀가 다섯이나 된다. 요즘 보기 드문 딸 넷, 아들 하나의 대가족인지라 미개인이고 야만인이며, 외계인이라는 소리까지 듣는다. 자식이 많으니 집안 청소를 해도 표가 나지 않을 뿐더러 하교 후 집에 오면 여기저기 낮잠들을 잔다. 화가 난 엄마가 "그만 좀 자빠져 자고, 방 좀 치우라!"고 야단을 쳤다. 어느 날 전화를 해 어머니 계시면 바꿔 달라고 했더니 둘째 딸이 "우리 엄마 지금 자빠져 자요." 했단다.

우린 커다란 책임감을 느끼고 살아야 한다. 자라나는 후손들 앞에서 모범을 보이며 솔선수범하는 떳떳하고 자랑스러운 부모들이 되어야겠다. 여기서 크는 자녀들은 아무래도 한국어보다 영어가 익숙하고 편할 것이다. 주위에 있는 어린이부터 대화가 원활하고 화통하려면 우선 말이 통해야 한다. 식구들과 언어가 단절되면 걷잡을 수 없는 문제가 생긴다. 올곧게 자라지 못한 아이들은 거의 가족 간의 대화가 없기 때문이다. 나도 언젠가 손자들이 생길 것이다. 안녕히 죽는 것도 좋지만 그들과 어울려 사랑을 전하기 위해 부지런히 영어공부를 해야겠다.

Valentine's Day 단상

요즘 미국 경기가 참으로 좋지 않다고 한다, 일 년 매상의 반 이상을 올려야 하는 날이 발렌타인스 데이다. 작년 수준에 크게 못 미친다고 걱정들이다. 장사하는 사람들은 오래 전부터 작년이 더 좋았고, 작년보다는 재작년이 더 좋았다고 한다.

바쁠 때 한 번쯤은 내가 도와 주어야 하는 꽃집이 있다. 일에서 손을 놓았지만 이런 대목엔 가지 않을 수 없다. 사나흘은 꼬박 서서 늦도록 일을 하니 발목과 손이 붓고 통증도 따른다. 직업병의 전초일 것이다. 주문받은 꽃들을 부지런히 만들고 누군가 와서 사 갈 꽃들을 미리 준비해 가득히 진열해 놓는다. 발렌타인스 데이 때 주인을 만나지 못한 꽃들은 안쓰럽다. 예쁘고 고운 꽃이라도 며칠 지나면 고개가 푹 숙여진다.

발렌타인스 데이는 사랑하고 존경하는 사람에게 초콜릿이나 꽃을 보낸다. 꽃은 남자가 여자에게 전해야 훨씬 멋져 보이는데, 여자가 남자에게 꽃을 보내는 것은 왠지 어색하다.

이십여 년 꽃 가게를 하며 발렌타인스 데이에 꽃 주문을 하는 손님들과 배달된 꽃을 받는 손님들의 다양한 반응을 보았다. 꽃을 주문하러 오는 손님은 남자들이 훨씬 더 많다. 자기 부인에게는 100불짜리 장미 상자, 본인 어머니와 장모님께는 50불짜리 바구니. 아내와 장모님께 똑같이 80불어치 장미 한 다발을 주문하기도 하지만 자기 어머니께는 안 보낸다고 하는 사람도 있다. 왜냐고 물으면 "우리 어머닌 꽃 싫어해요. 꽃 보내면 혼나요." 하는 손님도 있다.

한국에 사시는 장모님까지 챙기는 일등 사위도 적지 않다. 세상이 많이 변해 '사위는 장모 사랑'이 아니라 '장모는 사위 사랑'이 된 것 같다.

이런 날 6~7백 불의 큰 돈을 들여 백 송이 장미를 주문하는 통큰 사람이 몇 명씩 꼭 있다. 올해 같은 불경기에도 예외는 아니다. 백 송이의 장미를 누가 받을까. 그 꽃을 받는 여자가 더 궁금해진다. 얼마나 좋을까? 정말 행복한 사람이구나! 부러운 마음이 드는 것은 여심이다. 남들이 하니까 안 하면 일 년 내내 잔소리 듣기

싫어 왔다는 분은 "싼 걸로 대충 해 줘요." 하며 휑하니 챙겨 나간
다.

　80세 넘은 고령의 할아버지께서 "우리 할망구 주게 장미 한 개
만 예쁘게 싸 주구려." 한다. 노부부의 따스한 사랑이 감동적이다.
자기 부인과 두 살 난 딸에게 줄 꽃까지 사는 로맨티스트도 있다.
"정말 까무러치게 멋있게 만들어 주세요. 프러포즈 성공하면 결혼
꽃 주문하러 꼭 올 게요." 여자친구에게 선물할 꽃을 사러 오는
젊은이들이 싱그럽고 보기 좋다. 나이 탓인지 그 발랄함과 순수함
이 아름다워 보인다. 그렇듯 꿈 많고 청순했던 시절이 나에게도
있었는데…. 넋을 놓고 바라보다가, 나를 툭 치며 묻는 소리에 놀
라 정신을 차린다.

　"노랑 장미는 무슨 의미지요? 여자 친구가 노랑 장미를 좋아하
거든요."

　빨강색은 기쁨 열정, 흰 장미는 존경 순결이고, 핑크색은 행복한
사랑 맹세며, 노랑은 질투, 완벽한 쟁취, 파랑색 장미는 불가능…
등등 나는 외우는 꽃말 상식을 총동원해 알려준다.

　요즘은 전화나 인터넷으로 주문하는 양이 직접 찾아오는 것보다
대체로 더 많다. 배달할 주소, 받는 사람, 보내는 사람, 메시지 등
을 묻는다.

　브라이언이란 남자의 이름으로 인터넷 주문이 있었다. 사랑의

표현을 진하게 쓴 꽃을 주문 받았는데, 나중에 알고 보니 본인이 자신에게 주는 꽃이었다. 사무실에 있는 동료들은 모두 꽃을 받아 책상 위에 있는데, 자기만 꽃을 받지 못하면 자존심도 상하고 심기 불편한 꼴이 되어 그렇게 한 것을 알고 가슴이 짠했다.

2월 14일은 행복을 전해주기 위해 새벽부터 십여 명의 배달원들이 바삐 움직인다. 오늘은 꽃을 받는 게 안 받는 것보다 훨씬 행복한 날이다. 외국사람들은 꽃을 받으면 그 특유의 제스처로 "Thank you! Beautiful!" 이라고 감탄하며 고마운 인사를 하나, 한국사람들의 경우는 그야말로 천태만상이다. "고마워요, 참 곱네요." 이 말에 인색하다보니 서로의 대화가 껄끄러워진다. 대뜸 하는 소리는 "누가 보냈어요?"다. "저희는 모르지요, 여기 카드가 있으니 보십시오."라고 하면 "이 양반이 맘이 변했나, 왜 안하던 짓을 하는 거야." 듣기가 민망하다. 그런가 하면 어느 부인은 "돈으로 주지 시들어버릴 꽃은 왜 보내냐."며 불편한 심기를 드러낸다. 한 아가씨는 배달된 꽃을 굳이 안 받겠다고 문 앞에서 실랑이를 벌인다. 둘이 싸웠는지 "꽃을 보내면 다냐."며 배달원에게 따진다.

받은 꽃을 이리저리 훑어보며 "이거 얼마짜리예요?"라고 서슴없이 묻는다. 꽃 문화에 익숙하지 않다 해도 꽃 속에 담겨진 사랑의 마음을 진정성 있게 받을 줄 아는 자세도 배워야 할 것 같다. 받은 후 보낸 사람에게 고맙다는 인사를 속히 하는 것도 빠뜨릴 수 없는 예의다.

　발렌타인스 데이는 매년 맞이한다. 이 날이 되면 누구나 꽃의 여왕인 장미를 한 아름씩 안아 보았으면 한다. 우리같이 꽃 일 하는 사람들은 받고 싶어도 기회가 없다는 하소연을 콜로라도 덴버에 사는 선배에게 했더니 딱하게 들렸는지 온라인으로 내게 꽃을 보냈다. "받았으면 왜 연락이 없느냐?"는 전화가 왔다. "난 꽃 받은 적이 없다."고 했더니 확인하고 연락을 취했는지 저녁에 젊은 청년이 꽃바구니를 들고 나타났다. 세 번이나 왔었지만 꽃집이라 주소가 틀린 줄 알고 돌아갔단다.

　한 번은 집에 오니 문 앞에 우아하게 장식된 흰 양란이 백자 항아리에 담겨 놓여 있었다. 의아해 알아보니 지금 남편이 된 Mr. 김이 보낸 것이었다. 그것도 Beverley Hills의 유명한 꽃집에 부탁한 것이었다. 여자 친구가 꽃집을 하니 꽤나 신경을 써서 보낸 게 분명하다. 고맙다고 전화한 것까지는 좋았는데, 직업의식이 발동해 "이거 원가는 얼마인데 비싸게 주었지요?" 아니 했어야 할 말을 불쑥 해버린 것이다.

　그 이후 꽃을 받은 기억은 없다. 꽃을 받으면 겉으로는 투정을 부려도 속으로 좋아하는 여자들의 마음을 남자들이 알아주었으면 하는 바람이다. 사람 사는 세상엔 꽃이 있어 행복하고 아름답다. 발렌타인스 데이는 꽃향기 넘치는 사랑의 날이다.

긴 여름의 소망

추운 날보다 더운 날이 낫다고 주저 없이 말했다. 내리쬐는 햇빛
이 강렬해도 일조 시간이 긴 여름이 마음도 밝고 편했기 때문이다.
그런 날씨에 반해 떠나지 못하고 아직까지 살고 있는 LA가 되었다.
눈도 안 내리고 얼음도 얼지 않는 겨울이 슬그머니 뒷걸음쳐 달아
나면, 어느새 콧잔등에 송골송골 땀이 맺히는 뜨거운 날씨가 시작
된다. 사계의 뚜렷한 구분이 없고 이상기후가 요동을 쳐도 나름대
로 가늠하여 계절의 윤곽을 찾을 수 있는 안목이 생기기도 하였다.

올 여름은 유난히 힘들고 지루했다. 평년에 비해 큰 더위는 없었
지만 지치는 일들이 많았다. 며칠 다녀온 여행에서 얻어온 기침
감기는 떠나지 않고 잠복근무를 한다. 헤어지기 싫은 연인 사이도

아니건만 꼭 잡고 떠나지 않는다. 기침에 붙들려 살자니 딱할 지경이다. 양·한방을 두루 섭렵해도 약간의 차도만 있을 뿐, 심야의 가슴 에이는 통증은 단잠마저 앗아가 버린다. 오뉴월 감기는 개도 안 걸린다고 하는데 사람이 대신해야 하는 건지 답답하기만 하다.

천식 때문에 오랜 기간을 고통받는 동료가 생각났다. 그녀의 아픔을 경험해 보니 보통 이상의 괴로움이었다. 모든 일들이 직접 겪어 보지 않고는 단정지어 말할 수 없음을 깨닫는 계기가 되었다. 그동안 '그럴 거야' 하며 자신 있게 말하고 행동했던 자신을 돌아보며 평상심을 갖는 기회를 가져본다. 무슨 이유로든지 체험의 과정을 거치니 반성의 계기도 된다.

설상가상으로 24년 동안 떨어져 살던 두 남동생 가족이 이민 가방을 싸서 오고, 교환 교수로 온 시누이 가족, 결혼한 아들 내외까지 네 가정이 우리 집을 거쳐 둥지를 찾아 나갔다. 가재도구들을 얻어 와 나누어 주는 일부터 정착하는 과정을 도와주는 준비도 쉽지만은 않았다. 자칫 잘못하면 서운한 감정의 앙금이 생기고, 이곳에 넷이나 있는 동생 중에 누구에게 더 잘해주나 싶어 눈치까지 봐야 한다. 한 피 받아 한 몸 이룬 형제자매이건만 성격도, 사는 방법도 다른 것은 왜 그럴까 한동안 궁금증이 생기기까지 하였다. 제각각 살아 온 환경과 형편도 이유가 될 것이다. 이젠 모두 가정이 있으니 어렸을 적 이야기는 과거의 한 장으로 접어두는 것이 옳은 것 같다.

 이민 초기에 나는 어느 유성에 홀로 떨어진 듯한 외로움에 몸과 마음이 메마르고 적적했다. 명절이나 연휴에는 찾을 사람도 없거니와 갈 곳도 마땅치 않아 더더욱 그랬다. 차라리 그런 날들이 없었으면 했다. 이국땅에 뿌리내리고 사는 그들이 마냥 부러웠다. 꿈은 이루어진다고 했듯 이젠 직계만 삼십여 명을 훌쩍 넘는 대가족이 되었다.

 식구가 많아 서운한 감정이 생겨도 남이 아니기에 쉽게 삭이는 것이 가능하다는 것이다. 물론 의견 차이가 커서 눈살을 찌푸리게 하는 경우도 없진 않지만 부모님을 생각하면 안 될 일이다. 비교하고 용서 안 하는 사람, 고집불통에 약점과 단점을 먼저 보는 사람들은 이해의 폭이 적기에 말썽을 만들기 쉽다. 내 주위에도 그런 피붙이가 있고, 나도 그럴 때가 없지 않다. 요즘은 가까이에 모여 사니 은근한 시샘도 하지만 서로를 알기 위해 적지 않은 시간과 노력을 할애하고 있다.

 장녀인 내가 지휘를 잘해야 불협화음이 연주되지 않을 것 같아 여간 신경 쓰이는 게 아니다. 형 만한 아우 없다고 하는데, 내 동생들은 모두 나보다 낫다. 칭찬에 인색하고, 눈에 잘못된 것만 보이고, 하지 말라는 말만 하는 잔소리의 대가가 되어 있는 내가 아닌가. 속으로 서운해도 먼저 이해하고 용서를 구하는 지혜로운 동생들이 대견하다. 벌은 꿀을, 꽃은 열매를 얻는 과정에서 피차 상처를 남기지 않듯이 매사 조심스럽다. 자기 이익만 챙기다가 관계가 소원해지는 경우가 어디 이웃만의 일이겠는가.

한동안 앓고 있으려니 동기간들이 입맛 당기는 음식과 참기름에 파뿌리를 넣어 달여 마시면 낫는다는 처방을 가져와 걱정을 해준다. 싫든 좋든 때를 맞춰 식사를 챙기니 아픈 만큼 체중은 줄어들지 않는다. 혼자 힘겹게 누워 있던 지난날을 생각하니 호사스러울 정도다. 유난히 바쁘고 긴 여름을 보내면서 가족은 삶의 원동력이 된다는 것을 재차 느낀다. 우리의 남은 인생을 살찌우는 우애 있고 건강한 동생들과 내가 되길 기원해 본다.

립 서비스

말 한마디로 천 냥 빚을 갚는다는 속담이 있다. 두 마디도 아니고 한마디 말로 천 냥을 얻을 수 있다는 뜻도 된다. 나는 말을 조리 있게 잘하는 사람을 부러워한다. 같은 말이라도 편하고 정감 있게 들리는 경우와 그렇지 못한 경우가 있다. 말하는 사람의 뉘앙스가 크다 하겠다. 생각 없이 함부로 말을 하여 말썽이 되고 언쟁까지 하는 불상사도 보았다. 불만은 토로하되 인격을 모독하면 안 되는데, 그런 일이 일어나곤 한다. 이미 한 말은 지울 수도 주워 담을 수도 없기에 더욱 난감할 때가 있다. 농담이 진담이 되고 오해가 생겨 원수지간으로 발전하는 일까지 생긴다. 말은 무성한데 대화가 없어 그런 것일 수도 있을 게다.

목소리도 굵고 우물에서 숭늉 찾는 성격인 나는 말을 예쁘고 천천히 할 줄 모른다. 그저 솔직하게 있는 그대로 꾸밈없이 하다 보니 손해를 볼 때도 있고, 비밀 역시 거의 없는 편이다. 무덤까지 가지고 갈 이야기야 비밀을 지키지만, 보통 때는 그렇지 않을까 한다. 특히 마음에 없는 소리는 아예 못하는 터라 립 서비스는 형편없는 수준이다. 가족이나 친한 사람에겐 그 정도가 더욱 심하다.

또한 대답도 항상 모호한 편이고 '괜찮아, 됐어'라든가 '못 한다, 안 된다'라는 말 대신 '알았어'라고 해놓곤 고생을 몇 배로 사서 치르곤 한다. 당당하지 못하고 지혜 없는 사람의 전형이 이렇지 않을까싶다.

요즘 들어 부쩍 품위라는 소릴 자주 듣는다. 행동도, 말도, 글까지 품위가 있어야 된다고 한다. '남의 존경과 인정을 받을 수 있는 인격'이라는 품위는 하루아침에 만들어지는 것이 아니다. 자아의 완성과 오랜 내공을 통하여 생기는 것이리라. '침묵은 금이고 말은 은'이라 해서 듣는 귀만 가지면 어떨까 했다. 그런 식으로 듣기만 했더니 조신하게 보기는커녕 모두들 화가 난 줄 오해하였다.

내 친구 중 M은 조리 있는 말솜씨로 남을 위하고 칭찬하는 좋은 말을 자주 한다. 그런 언어는 마음과 마음을 이어 주고도 남는 것 같다. 내가 알기엔 그렇지 않은데도 듣기 좋고 기분 좋게 이야기를 한다. 그녀는 상대방을 배려하고 관심 가져 주는 사시춘풍 같은 매력 있는 대화의 능력을 가졌다. 하긴 나에게도 게으르다는 말보다 여유 있어 보인다고 말하는 것이 정겹게 느껴진다. 그렇지 않더라도 모나지 않은 소리를 해 준다면 나쁠 것은 없을 것이다. M처럼 아프거나 절망하거나 슬프거나 힘든 사람에게 위로의 말과 희망의 말을 해줄 수 있는 마음 씀씀이가 부럽다.

돈 안 들고 큰 노력 없이도 할 수 있는 말씀 봉사는 할수록 대화의 소통이 수월해진다. 고맙다는데, 미안하다는데 눈치 줄 사람은 없을 것이다. 모이면 남의 흉보고 자기 자랑하는 시간 대신 남을 칭찬하고 자신을 반성하는 기회로 바꿔야겠다.

이제 나도 남을 폄하하는 언어보다 격려하고 용기를 주는 말을 하도록 해야겠다. 귀에 거슬리는 말은 마음까지 서운하게 만들지 않는가. 그 속엔 진심어린 마음이 같이하여 말 그대로 립 서비스로 끝나지 않았으면 한다. 말로 한몫 보려는 듯이 겉만 치장된 것은 속이 없고 허망하기 때문이다. '말을 시작하기 전에 반드시 생각할 틈을 가져라. 그리하여 네가 지금 하고자 하는 말이 말할 가치가 있는 건지, 무익한 얘기인지, 누군가를 해칠 염려는 없는지 잘 생각해 보라'고 톨스토이는 걱정스런 염려를 하였다. 상대방을 비방하거나 미워하는 말보다 추켜 주고 다독이는 것은 참으로 권장할 일일 것이다. 나도 호기롭게 살 것이 아니라 진정한 애정을 보여주고 싶다. 긍정적인 단어를 많이 쓰도록 해보자. '좋네요, 예쁘네요, 멋있네요, 재밌네요, 맛있네요’ 등등.

친구 M은 생일 선물로 화장품을 받았다. 그것은 얼마 전 나와 함께 산 것과 똑같은 것이었다. 그러나 열어보곤 “어쩜! 내가 필요해서 마침 사려고 했는데, 어떻게 아셨어요? 정말 잘 쓸 게요.” 하며 성심성의껏 고맙다는 인사를 했다. 옆에 있던 나는 아연실색했지만, 선물을 건넨 사람은 “어머! 그래요, 다행입니다.” 하면서 받는 사람보다 더욱 기뻐했다.

아마 내년엔 한결 더 정성으로 준비하지 않을까 생각된다. 기왕 그렇게 된 것을 서로 기분 좋게 만들 줄 아는 M의 립 서비스의 위력을 다시 알게 되었다. 나는 그 순간 분명히 실망스런 얼굴로 ‘고마워요’ 하곤 돌아서서 투덜거렸을 터인데 말이다.

세상을 밝게 사는 방법을 터득하고, 표정관리도 하고, 말로만이 아닌 사랑 담긴 말씀 봉사 또한 해야겠다는 생각이 들었다. 진실이 내재된 립 서비스는 공짜지만, 돌아오는 것은 결코 헛것이 아닐 테니까.

쿠거족

요즘 와서는 남자나 여자의 나이가
위냐 아래냐에 관심들이 많다.
남자가 한창 어린 여자와 결혼하면 도둑놈이니 뭐니 하며
양심 불량자로 낙인찍기도 한다.
물론 부러운 마음에서 하는 말이기도 하고
축하하는 의미에서 하는 덕담일 수도 있지만,
듣기에는 거북하다. 반대로
여자가 나이어린 남자와 결혼을 하면 능력이 있느니,
성공했느니 하면서 놀리기도 하고 샘도 낸다.

쿠거족

　내가 다섯 살 연상의 아내이니, 나도 쿠거족이다. '쿠거족'은 연상녀 연하남 커플을 뜻하는 신조어로, 캐나다 밴쿠버에서 시작된 말이라고 한다. 쿠거는 북미 지역에 서식하는 고양이과에 속하는 동물 이름이다. 옛날 우리나라에서는 민며느리니 꼬마 신랑이니 해서 아무렇지도 않던 일이다. 요즘 와서는 남자나 여자의 나이가 위냐 아래냐에 관심들이 많다. 남자가 한창 어린 여자와 결혼하면 도둑놈이니 뭐니 하며 양심 불량자로 낙인찍기도 한다. 물론 부러운 마음에서 하는 말이기도 하고 축하하는 의미에서 하는 덕담일 수도 있지만, 듣기에는 거북하다. 반대로 여자가 나이어린 남자와 결혼을 하면 능력이 있느니, 성공했느니 하면서 놀리기도 하고 샘도 낸다. 아무튼 결혼은, 인연이 아니면 결코 이루어질 수 없는 일이라고 생각한다. 초혼이든 재혼이든, 젊어서든 늙어서든 마찬가지다. 일방적으로 한쪽이 다른 한쪽을 사랑해서도 안된다. 양쪽이 서로 이해하며 사랑해야 하는 것이다.

8년 전, 나는 정확히 다섯 살하고도 4개월이 아래인 남자와 재혼했다. 전 남편이 암으로 세상을 떠난 지 열두 해 만의 일이다. 아이들이 어리고 한창 손이 필요할 때는 엄두도 못낼 일이었다. 자식들이 크고 각자 바빠지니 은연중 엄마가 재혼했으면 하는 눈치를 보였다. 부담스럽기도 하고 집에 혼자 있는 내가 보기 싫었던 모양이다.

나 역시 혼자 산다는 것이 경제적으로 정신적으로 고되고 힘들었다. 작정하고 맞선을 보기 위해 중매의 끈을 이어갔다. 오십이 가까운 나이였지만 일곱 명의 남자들을 만나 보았다. 물론 나보다 두 살, 많게는 열 살이 위인 아저씨들이었다. 아무리 미국서 오래 살아도 한국사람들에게는 비슷한 점이 많다. 음식은 국과 찌개가 있는 한식이어야 하고, 사랑은 지고지순한 것이어야 하며, 삶은 삼강오륜의 법도를 따르는 것이어야 한다. 어딘가 괜찮은 사람도 있고 두번 다시 보고 싶지 않은 사람도 있었다. 남녀 관계는 아니다 싶으면 아닌 걸로 얼른 끝내는 것이 좋다. 인정사정에 끌리다보면 생각이 흐려져 판단이 어렵기 십상이다.

내 처지도 고려해 너무 고르지 말고 적당한 조건에서 결정해야
했다. 초혼 때는 우선 순위가 서로 좋아하는 것이었다. 재혼은 잴
것도 따질 것도 알아 볼 것도 왜 그리 많은지 모를 일이다. 또 다른
실패가 두렵고 겁이 나기 때문이리라. 우리 나이에 혼자된 사람들
은 사별보다 이혼이 훨씬 많다. 나름대로 상처들이 있기에 만남도
조심스럽기 마련이다. 특히 아이들이 있으면 더욱 신경 쓰이고 걱
정이 된다. 긍정적으로 마음먹으면 아무렇지도 않겠지만, 그럴 수
만은 없는 것이 인간사 아닌가. 부부 사이는 괜찮은데 아이들 문제
로 다시 힘들어하는 경우도 종종 보았다. 아이들 싸움이 어른 싸움
된다는 것은 지당한 말씀이다.

이것저것 맞추고 찾다보니 보통 어려운 게 아니었다. 멋쩍었지
만 이왕이면 다홍치마라고 기대치는 높은데, 갈수록 아닌 것 같아
서서히 시큰둥해졌다. 이곳 로스앤젤레스의 전화 상담중 제일 많
은 것이 배우자 간의 갈등이라고 한다. 여성들의 사회적 지위와
능력이 높아져서 그럴까. 헤어지자는 말도 부인이 먼저 꺼낸다는
요즘 세태다. 합리적인 세상이 된 건지 이혼율이 높은 건지, 혼자
사는 사람도 많고 재혼하는 사람 또한 적지 않다. 남편이 먼저 죽으
면 수절을 한다는 건 아득한 전설로 남을지 모를 일이다.

마음을 다져 뭔가 이루려는 내 뜻은 쉽게 실현되지 않았다. 한
해가 지나 두 해가 되도록 도전해 봤지만 아무런 결실도 맺을 수

없었다. '내 팔자에 무슨!' 하며 포기하기에 이르렀다. 나보다 젊고 조건 좋은 여자들이 얼마나 많은데, '내가 어때서?'라는 오기는 가당치 않은 것이란 것을 깨닫기에 이르렀다. 조바심도 기대도 서서히 없어져갔다. 애써 편한 마음을 가지려 했다. 그럴 즈음 인연은 우연히 찾아왔다.

아는 분 가게에서 처음 본 미스터 김의 인상과 관련해 크게 기억에 남는 것이 없다. 희지 않은 얼굴에 마른 체형이었던 것만 기억난다. 43살에 아들 하나, 이혼남에 외국회사 지사장이란 말을 들었다. 우선 나이가 맞지 않았고, 둘 다 배우자가 없다는 것 외에는 관심이 없었다. 그러다 묘하게 몇 번을 오가며 만나게 되었고, 이야기할 시간도 갖게 되었다. 어떤 남자를 찾기에 아직까지 혼자냐고 묻기에 "건강보험 있는 남자요."라고 했더니 "어려운 조건은 아니네요."라고 응수했다. 직장 있고, 보험 있고, 취미가 비슷하고 뜻하는 바가 얼추 맞았다. 우리는 나이 문제로 심각해 본 적이 없다. 오히려 주위에서 걱정과 말이 많았다. '공연히 잘못하고 있는 건가'라는 의구심이 들 정도였다.

일 년 정도 만나다가 양쪽 자녀들의 허락을 받았다. 그리곤 가까운 친구, 친지들을 초대하여 조촐하게 결혼식을 올렸다. 염려와 부러움의 시선을 동시에 받는 자리였다. 아직까지는 커다란 싸움이나 말다툼 한 번 안 하고 잘살고 있다. 부딪치려 하다가도 배려하고 양보하는 마음이 우리 둘의 마음에 싹트고 있다. 남편이 나보다 나이가 어리다고 남자로서 위엄이 없는 것은 아니다. 내가 못하던 일들을 차근히 해결해 주기도 했다. 유니섹스 시대라 해도 남자와 여자 사이에는 구별이 있는 법이다.

남편이 생기니 나 혼자 살 때 듣던 잡다한 말들을 안 듣게 되었다. 아들은 큰 부담을 덜은 듯 홀가분해 한다. 일 안 하고 집안 살림만 하니 속도 편하다. 늙어가며 함께 할 말동무가 생겨 좋다. 그리고 여행할 때 동반자가 생겨 이 또한 좋다. 살아보니 연하의 남편이라고 해서 특별한 것은 없다. 궁금할 것은 더욱 없다. 남편은 30년 가까운 외국 생활로 이해 폭이 넓은 남자다. 이해의 폭이란 나이와 상관없는 것이었다. 내가 늙어 보일까 봐 은근히 걱정이 될 때도 있지만, 어쩔 수 없는 일이다. 내 머리는 백발이라 염색을 안 하면 안 되는데, 남편은 이제 겨우 서너 개의 흰 머리카락이 보일 뿐이다. 약이 올라 뭐라고 하니 자기가 하얗게 염색하면 어떻겠냐고 한다. 주름제거 수술이라도 해 볼까 하고 농담 섞인 진담을 해 보았다. 얼굴 보고 사는 게 아니라 마음 보고 살기 때문에 전혀 문제가 없다나. 그 말이 진심인 줄 알고 자신을 가져본다. 나이 차는 숫자에 불과한 것이라고. 이에 대한 염려는 쓸데없는 것이라고 생각해 보기도 한다. 걱정할 것은 늙음이 아니라 녹스는 삶이라고 하지 않았던가.

남남이 만나서 살아가는 데는 수많은 우여곡절이 있다. 성격도, 학벌도, 집안도, 재력도 물론 나이도 무시할 수 없다. 모든 것이 어울리지 않아도 천생연분의 만남이 된 경우도 많을 것이다. 굳이 나이를 따져 이루어지지 못한 선남선녀가 있다는 이야기를 들으면 마음이 편치 않다. '연상녀'라는 뉘앙스와 선입견 때문이다. 살다 보면 대수롭지 않은 일이건만 굳이 문제 삼는 것은 왜일까.

나는 아들에게도 마음 씀씀이가 누나 같은 여자를 만나라고 조언한다. 떼쓰고 어리광부리는 귀여운 여자보다 이해의 폭이 넓은 푸근한 여자가 나을 것 같다는 생각이다. 꼭 그렇다고 단언할 수는 없지만 철없는 아들에겐 그런 여자가 어울리지 않을까 생각한다. 하긴 운명적인 만남에 무슨 이유가 따로 있겠냐만 쿠거족은 우리 시대의 흐름으로 느껴지기도 한다.

비 오는 날의 회상

더럽혀진 세상의 때를 씻어 내듯이 그칠 줄 모르는 장대비가 계속 내린다. 온 천지가 물기로 가득해지는 날은 마음이 비에 젖은 듯 가라앉으며, 아련한 기억들이 일제히 물기를 머금고 땅 위에 내린다. 추억은 거창한 것이 아니라 사소한 것들을 향한 그리움이다. 멀리 있는 친구, 앞서 간 육친, '지나간 것은 언제나 그리워'란 옛 편지에 적혀 있던 구절 등이 줄지어 생각난다.

누구나 그렇듯이 나에게도 아름다운 풍경화 몇 폭은 기억의 미술관에 소장되어 있다. 여고시절 하교 길에 갑자기 내리는 비를 만나 온몸이 흠뻑 젖었다.

버스 정류장에서 우리 집까지의 거리는 불과 5분 정도였는데,

빗속을 걷는 걸음은 천릿길인 양 걷고 걸어도 제자리였다. 출구를 몰라 미로를 헤매는 사람처럼 빗속을 빠져나가야겠다는 일념으로 뛰고 또 뛰었다. 내 뒤를 누군가가 따라오는 인기척이 있어 두려움을 안고 급히 뛰다 중심을 잃고 넘어져 무릎에서 피가 빗물처럼 흘려 내렸다.

그때 우산을 받쳐 들고 책가방을 집어주며 부축을 해주던 남자가 있었는데, 바로 아랫집에 사는 대학생이었다. 보이고 싶지 않은 부끄러운 모습에 괜찮다는 말만 겨우 했다. 건네준 가방을 받아들고 절뚝거리며 집으로 향했다. 그 일이 있은 후, 대학생은 몇 차례 골목어귀에서 나를 기다리며 무슨 말인가 건네려 했으나 나는 그를 외면하며 기회를 주지 않았다. 왜 그토록 야박스레 굴며 서운하게 했을까, 이제 와 생각하니 그의 행동은 젊음이 내뿜는 광채였을 텐데, 요즘 학생들과 달리 참 촌스런 풍경이었다. 가슴 설레며 두근거리던 청색 여고시절은 짧고, 추억의 여운은 길다.

비가 상기시킨 회상 때문에 예상치 못했던 젊은 날의 낭만이 내 몸 어딘가에 남아 있음을 느낀다. 풀잎 위에도, 아스팔트 위에도, 달리는 자동차 위에도… 내리는 장대비는 모든 그리움을 묻혀오고 또 묻혀가 버린다.

나의 봄날

어느새 겨울이 지났는지 한낮엔 더운 느낌까지 든다. 모처럼 창문을 열고 먼 산을 바라보았다. 하얀 눈밭을 그대로 이고 있는 산, 찬란한 태양에 반사되어 눈이 부시도록 하얗다. 길가 돌배나무의 흰 꽃은 간드러지게 피어 흘러내리고 있다. 옆집 마당의 자목련도 꽃망울이 가득하더니 어느새 열렸다 지고 잎사귀가 파릇하니 솟아난다. LA의 봄은 참으로 일찍 오는가보다.

일손을 놓고 집에 들어앉은 지 벌써 십여 년이 지났다. 서른여섯에 혼자 된 나는 어린 남매를 키우고 가르치느라 정신없이 살았다. 금쪽 같은 젊은 시절은 여유 있는 생각 한 번 제대로 못해 보고 후다닥 지나간 것 같다. 세월은 지나가는 것이 아니라 오는 것이라고도 한다. 이제 내게 다가올 시간은 가 버린 시간에 비해 너무 짧다는 아쉬움도 생긴다. 누군가 나이와 돈은 숫자에 불과하다지만 그 개념을 고집하는 것도 우스운 일이다. 삶의 무게가 커질수록 겸허해지고 싶다. 모든 걸 받아들이며 초연히 늙는다면 품위 있게 늙는 것이 아닐까. 원칙대로 고집하고 산다면 문제가 많아질 것은 당연할 것이다. 가까이 있는 사람들에게 성가신 존재가 되어선 안 될 텐데 염려가 된다. '제일 좋은 남'이라는 자식도 육신의 부자유로 불편을 준다면 그럴 것이다. 입은 하나요, 귀는 둘이라, 많이 듣되 적게 말하는 습관을 들여야겠는데 쉬운 일이 아니다. 말 안 하면 궁금하고 갑갑하지만 참고 이해하려 하자. 잔소리나 넋두리는 될 수 있는 한 하지 않는 게 서로 좋을 것이다. 나는 이렇게 살았으니 너희도 그래야 된다는 생각은 단연코 갖지 말아야겠다. 나이 드는 연습을 하며 마음을 넓게 가지려 노력하며 궁리도 해 본다.

미국 와서 특별히 배운 것도 아는 것도 없지만 꽃꽂이 자격증이 있기에 꽃가게를 차렸다. 직장생활 한 번 안 해보고 남의 돈 한 번 벌어본 적도 없는데, 오죽했으랴. 아침잠이 많은 느림보인 내가 새벽 꽃시장 가느라 잠을 설치고, 꽃 배달 갔다가 길을 잃어 동네방네 헤맨 적이 부지기수였다. 주문한 생일 꽃을 깜빡 잊고 준비를 안 해 놓아 야단맞은 일, 내어 놓은 꽃이 이유 없이 엎어져서 난리

치던 일…. 지난날을 생각하니 순간 가슴이 철렁 내려앉는다.

남들은 예쁘고 향기로운 꽃 속에 사니 얼마나 좋겠냐고 부러워한다. 모르시는 말씀! 손가락 관절은 모두 고장 나 더 이상 꽃꽂이는 할 수 없게 되었다. 손마디 마디가 붓고 아팠다.

이렇듯 이른 아침부터 저녁 늦도록 숨 가쁘게 살았는데 갑자기 쉬니 얼마간은 너무 좋았다. 2년쯤 지나자 답답하고, 용돈도 타서 쓰려니 죽을 맛이었다. 자신 있는 게 꽃꽂이서 다시 하자니 꾀도 났지만 가족들의 심한 반대에 부딪혀 전업주부로 남았다. 혼자 있는 시간과 날들이 넉넉하니 내 삶에 대해 생각이 많아진다. 언젠가다가 올 죽음도 두렵지 않고 차분히 맞아야겠다고 준비하는 마음을 갖는다.

돌이켜 보면 산다는 건 아름다운 것이다. 지난 날 불행했든 행복했든, 가난하든 부유하든, 불평불만이 그리 많던 날들, 너무 힘들어 좌절하고 포기하려던 순간까지 값진 기억으로 되살아난다. '자신을 향해 웃는 것은 인생을 살면서 배워야 할 대단히 중요한 능력이다.'라고 캐서린 맨스필드가 말하지 않았던가. 나의 가치를 내가 믿자. 내게 남겨진 시간을 즐겁게 만들자. 도저히 건널 수 없는 고난의 강도 건넜다. 쓰러져 못 일어날 것 같았지만 일어섰다. 상처도, 고통도, 아픔도 세월이라는 약은 훌륭하게 치료해 주는 명약이었다. 감사하다고 느끼니 모든 것이 고맙다.

살포시 눈을 뜨는 봄날의 햇살을 가슴으로 반긴다. 젊은 날들은 어느덧 저만치 갔지만 황혼의 우수가 깃드는 지금도 괜찮다. 설익지 말고 무르익는 노년을 위해 노력하자. 시작도 중요하지만 마무리를 잘해야 더욱 가치 있고 깔끔한 것이다. 조용히 앉아 지난 세월을 뒤돌아보며 앞으로 다가오는 날들을 바라본다.

장담 못할 내일이며 미래지만, 이젠 하루를 살더라도 다른 이를 배려하며 진솔한 마음을 나누었으면 한다. 아주 작지만 누군가의 힘이 될 수 있다면 헛된 삶이 아니다. 있는 자의 배려보다 없는 자의 사랑이 더 클 수도 있다. 사랑이 큰 사람은 인내와 용서도 크다고 하였다.

며칠 전 프레즈노(Fresno) 근처의 과수원에 다녀왔다. 화려하게 피어있는 꽃들은 진정 꽃 대궐 그대로였다. 각색의 꽃무리들이 지고 나면 수많은 과일로 바뀔 것이다. 꽃이 져야 비로소 맺히는 열매처럼 세월 지날수록 영그는 삶이 되고 싶다. 나에게 남겨진 봄은 언제나 옹색하지 않고 깊고 넉넉함으로 찾아 올 것이다. 내 인생을 곱고 향기 나게 가꾸자. 따뜻이 내려오는 태양의 정기를 받는다. 이 땅에 있는 누군들 아프고 괴로운 상처가 없겠는가. 우린 모두 행복할 이유를 갖고 찾아 온 세상이다. 의미 있는 삶을 살자고 다짐하니 기쁨이 몰려온다.

지치고 어려웠던 지난 세월은 과거 속 한켠에 묻어둔다. 어쩌다 펼치면 나의 역사가 되어 있고, 그 과정을 겪었기에 지금이 있지 않을까. 어떤 상황과 현실도 극복하는 노련한 힘이 생겼다. 필요 없이 어설프게 보낼 시간을 줄여 활기찬 여생을 만들어야지. 이젠 아이들도 많이 성장해서 자기 앞가림은 한다. 나의 모자람을 채워 주고 감싸주는 속 깊은 남편도 만났다. 지루하고 쌀쌀하던 봄은 가고 화기애애한 봄날이 내게 찾아 온 것이다. 감사와 평안으로 따뜻한 태양을 바라본다.

살아있는 날의 소망

잠들지 못한 새벽 3시쯤이었다. 가슴에 심한 통증이 찌르듯이 몰려왔다. 죽음을 가까이 해본 또 한 차례의 경험이었다. 그럴 때면 지난날의 잔상들이 사방으로 나를 데리고 다닌다. 나의 목숨이 내 것이 아니라는 생각에, 잘한 것보다 잘못한 것이 더욱 생각나 마음이 어두워진다. 그리고 조물주 앞에 겸손해지는 이 순간에 솔직하며 차분해지는 나를 만난다. 장수하고 행복하게 사는 건 복불복의 원칙이지만, 하루가 다르게 작아지고 약해지는 내 모습이 생생하게 느껴진다.

우리 집안에 조부모님을 비롯하여 아버지까지 육십 세 이상 넘겨 사신 분이 거의 없다. 어머니도 회갑 상을 받으시곤 몇 달이 안 되어 돌아가셨다. 부모님께서 왜 그렇게 일찍 가셔야만 했는지 안타깝다. 오래 산다고 행복한 건 아니지만 그리 서둘러 떠나시니 섭섭하고 아쉬움 또한 크게 남아 있다.

요즘 들어서 부쩍 병원을 찾게 되는데 의사는 부모님의 생존 여부와 질병을 꼭 묻는다. 오래 못 사셔서 가슴 아픈 두 분의 병명과 짧았던 생을 말하지 않을 수 없다. 언젠가 우리 아이들도 나와 같은 과정을 겪게 될까 정신이 번쩍 든다. 나이만큼 더해가는 육신의 질병들이 잦아질 기미가 보이지 않으니 말이다. 나는 겉보기에 허우대가 멀쩡하지만 알고 보면 속 빈 강정이다. 요령으로 강건한 모습을 보인 게 적지 않으니 말이다. 가지지 못한 것을 부러워하는 법이라고, 나는 건강한 사람이 참으로 부럽다. 친구들 부모님도 고희가 넘으셨건만 치매기도 없고 운전까지 하시는 걸 보면 존경의 마음까지 든다. 무슨 복에 그러신가 고개를 갸우뚱해 보기도 한다. 장수하는 건 조상의 은덕이기도 한 것 같다.

급히 찾은 병원에서 정밀검사를 받고나니 먹어야 할 약이 여섯 가지나 추가되었다. 정확한 병명도 알지 못한 채 처방해 주기 때문에 그냥 받아먹는 약들이 이것저것 많다. 시난고난 살아 있음이 나을 거라는 믿음으로 챙겨 삼키는 약들이다. 그 많은 것 중에 한두 개라도 효험이 있으면 괜찮을 텐데. 기억력조차 떨어져 가는 머리로 제때 시간 맞추어 먹기에도 자신 없고, 독한 약에 상할 위장을 생각해 보기도 했다. 대충 챙긴 나의 방법이 맞을 리는 만무하지만, 세 가지로 줄여 격일제로 먹기로 했다. 그러나 하나 고치고 나면 하나 망가지는 기분이 드는 건 어쩔 도리가 없다.

나를 포함해 한국 사람들은 약을 모르고 오용하는 경우가 흔하기에 조심해야 할 것 같다. 약을 필요 이상 먹는 민족이 여기서도 한국인이 최고라는 통계가 나올 정도다. 아픔으로 고통 받지 않으려는 마음에서, 아니면 병을 고치려는 희망으로 받는 처방전들이지만 말이다. 그렇게 하여 과연 얼마만큼이나 연장할 수 있는 생명인지 생각해 보았다.

나이가 들었다. 살만큼 살았다고 말씀하는 어르신들이 생각하는 기준은 과연 몇 세일까. 세상이 좋아진 요즘은 사람들의 생명도 전보다 길어졌다. 한국인의 평균 수명이 79.1세가 된다니 놀라운 일이다. 무슨 사고나 몹쓸 병에 걸리지 않는 한 그 정도는 살 수 있다는 이야기가 아닌가. 나이가 차서 세상을 떠나는 것도 좋지만 구십 살, 백 살까지 살면서 하고 싶은 일 못하며 산다면 무슨 의미가 있을까.

베풀고 참으며 더 행복하게 사는 것이 후회 없는 삶이라고 한다. 살고 싶은 욕심껏 살라고 한다면 내 스스로 운전할 수 있을 때까지만 살고 싶다고 말한 적이 있다. 장담 못하는 게 세상사라고, 말하기가 무섭게 허리디스크 증세로 오른쪽 다리가 불편해졌다. 하늘이 노래지고 무너질 듯한 불안감에, 몇 날 며칠을 순한 양이 되어 온몸을 누르고 비트는 물리치료를 받아 왔고 지금도 받고 있다. 담당선생님을 잘 만났는지, 환자가 적응을 잘하는 건지 수월하게 치료가 되는 것 같아 다행이다.

성격 때문인지 몰라도 내가 누군가를 '데리고' 다녀야지 내가 누군가에게 '얹혀' 다닌다는 건 맘에 안 든다. 심장을 찌르는 고통보다 운전을 못하는 것이 더할 수 없는 절망감을 안겨 주는 것은 이 때문이다. 자연을 벗삼아 여행하는 낙으로 살았으나, 평균 수명도 못 채우고 세상을 떠난다면 어떻게 해야 할까. 원망할 대상을 찾아 스스로 위로라도 해 보려 했으나 아무도 생각나지 않는다.

모든 것이 내 탓이라는 쉬운 진리를 되새기며 맘을 어르고 나니 평온한 마음이 찾아온다. 서글픈 마음을 비우고 나보다 일찍 떠난 사람들을 기억해 보는 가운데, 감사의 조건들이 하나 둘씩 떠오르기도 한다. 긴 병에 장사 없고 효자 없다고, 골골 팔십을 사느니 하루를 살더라도 남을 위해 살아보자. 허한 내 육신을 추스르고 무심한 마음을 가져 본다.

서울깍쟁이의 고향

여럿이 모인 자리에서 화젯거리는 고향 자랑이고, 남자들이 모인 자리에서는 군대생활의 무용담이다. 나는 여자이어서 군대 이야기야 할 것이 없지만 고향에 대해서도 역시 할 말이 없다. 주로 듣는 쪽으로 귀를 열고 있을 뿐이다.

서울에서 태어난 나는 중구 입정동에 오랫동안 살았기에 흙냄새 나고 그림 같은 풍경의 시골은 그저 상상만 해볼 뿐이었다. 고작 가는 곳이 서울 근교의 안양 유원지와 외가댁이 잠시 살던 군포가 내가 아는 시골의 전부였다. 방학 때 친구들이 지방의 친가에 다녀와서는 재밌고 신기한 이야기를 풍성히 쏟아놓으면 나는 "좋겠다."라는 말만 할 뿐 그들이 부러웠다.

정서적으로 고향은 우리에게 많은 위안과 꿈을 준다. 어머니 품과 같이 포근하고 넉넉하게 기다려 주는 곳이다. 20여 년 만에 내가 태어나 자란 을지로 3가 부근의 고향집을 찾아갔다. 집의 흔적은 어디에도 없고 상가들로 북적거렸다. 한 겨울, 대문 앞 빙판에서 넘어져 두 팔이 부러져 한 달 이상 깁스를 했던 그 마당도 어디인지 찾을 수 없었다. 아직까지 후유증이 있기에 생생히 기억나는 일이다. 이명래 고약의 옛 건물도, 나를 소아마비로 오진했던 소아과병원도 온 데 간 데 없다. 우리 아버지와 형제들, 내가 다녔던 청계초등학교도 사라졌고 고층 건물들만 즐비했다.

허망하다. 변변치 못한 고향을 가졌는지 더 이상 추억할 아무것도 남아 있지 않다. 내 그리움을 채워줄 수 있는 곳은 어디에도 없어 이역만리를 건너 더듬어 본 과거는 나를 허탈케 했다. 격세지감을 느끼며 호적에 남아 있는 본적 주소만이 증거로 남아 있을 뿐이다.

묻는 말에만 겨우 대답하고 복잡한 곳은 유난스레 가기 싫어했던 나를 보고 사람들은 서울깍쟁이라고 했다. 깍쟁이 노릇을 제대로 해보지도 못하고 그런 소리를 들으니 고향이 서울인 대가가 적지 않았다. 자기 것은 아까워하면서도 남을 위해서는 쓰려하지 않는 사람이 깍쟁이라면, 난 결코 그런 부류의 사람이 아니지만 사람들은 그렇게 불렀다. 조상 때부터 서울을 터전 삼았으니 가까운 일가친지도 지방엔 거의 없었고 찾아갈 곳도 마땅치 않았다.

그즈음 어머니가 아시는 지인의 조카와 내가 친구가 되고, 그 친구의 집인 충남 보령시 웅천이란 곳에 가게 되었다. 오매불망 궁금했던 시골의 모습을 제대로 본 게 고등학교 2학년이었다. 그 때 친구 집 근처의 무창포는 서울 토박이인 내겐 입을 다물지 못할 정도로 신비하고 아름다운 바다였다. 벼라는 쌀 나무와 온갖 푸성귀는 싱싱하고 진진하였다. 바지락조개를 잡아 조개젓을 만들고 고동도 잡고 게도 잡아 삶아 먹었다. 시커먼 쑥개떡도 생김새보다 맛이 괜찮았다. 과연 시골에는 할 일도 많고 얘깃거리도 무궁무진하다는 걸 체험한 보람된 기회였다.

유난히 향토색이 짙은 우리 민족은 고향 사랑이 자식 사랑만큼이다. 경기도를 비롯하여 제주도까지 9도의 풍습과 언어와 음식이 각각이라 특색 있는 맛과 멋을 만드는 것이다. 표준어인 서울말만 쓰고 자랐기에 특유의 지방 사투리가 정겹고 재미있어 흉내를 내 보지만 내 능력으론 감당이 안 된다. 사투리를 쓰며 대화하거나 심지어 싸움을 하는 경우에도 정감 있어 보인다. 방언을 쓰는 여자가 더 애교스럽고 예뻐 보일 정도로 신선함을 느끼는 내가 문제인지 모르겠다.

아무튼 내 고향 서울은 고향이라기보다 대한민국의 수도라는 인식이 먼저다. 나름대로 도회지에 산다고 으스대며 양반 행세를 하다 보니, 야박스럽게 보였을 것이다. 체면치레와 겉모습에 유난히 신경 쓰며 남에게 피해 주기 싫어하는 이들이 서울 출신 사람들이 아닐까.

모두가 자기 고향을 꿋꿋이 지키는데, 우리 서울 토박이들은 고향을 잃어버린 실향민의 기분이 드는 건 어쩔 수 없다. 이런 바보가 깍쟁이 소리에 싫다는 소리도 못하면서 살아가고 있다.

나를 만난 날

우리 삶이 얼마큼 즐거우며 어느 정도 괴로운 것인지 뚜렷한 비율을 정할 수가 없다. 박장대소하다가도 돌아서면 어두운 근심이 쳐다보고 있다. 어느 누군들 행복을 찾아 헤매지 않을까. 다가간다고 기다려 주지 않는 야속한 모습이다. 손가락 사이로 새어 나가는 모래알처럼 슬그머니 사라진 재물에 낙심도 했고, 남의 일로만 여겼던 아픈 상처에 쓰라려 보기도 했다. 잡힐 듯 잡히지 않고, 만나도 쉬이 꼬리를 감추는 기쁨은 묘하게도 항시 떠날 차비를 단단히 하고 있다. 오랫동안 머무르리라 믿어지지 않는 느낌이 드는 까닭이다. 행복하지 않다면 불행한 것인가, 그것 또한 아니다. 거창한 것보다 소박할 정도의 인생 행로였다. 초년고생은 사서라도 한다지만, 값을 치르고 산 고생은 해볼 만한 것이 아니다. 고된 날을 보내기 원하는 사람은 없을 것이다. 득보다 실이 많다는 이유도 있을 법하다. 편안하고 걱정 없이 지내고 싶다는 소원은 이루어져야 그 몫을 다할 터인데, 막연히 염원으로 단락을 짓곤 한다.

거북이는 유순하고 한가롭게 살기에 200년의 장수를 누린다고 한다. 성질이 포악한 맹수는 20년도 채 못 사는 단명의 생을 산다. 느긋하지 못하고 급한 성격을 갖고 있으면 짜증을 잘 내고 두서도 없다. 좀 더 참을 걸, 한 발 뒤로 물러설 걸 하는 후회막급한 일들을 어쩌다보면 하고 있다. 제 성질에 지고 마는 일들은 생명을 깎아내는 일이다. 온순하고 너그러이 사는 방법도 장수의 길이건만 행동으로 연결하지 못하는 실수를 심심찮게 저지른다. 자기와의 싸움은 승리와는 상관없이 언제나 주저앉는 나약함을 보여주고 침울해한다.

행복한 생을 살았다는 헬렌 켈러와, 행복한 날은 없었다고 한 나폴레옹의 차이는 극과 극이다. 마음이 열려야 느낄 줄 아는 것을, 눈으로 보고 판단하는 것이 아니라는 깨우침을 얻었다. 누구나 한 번 다녀가는 세상에서 반듯하게 살고 싶겠지만 그렇지 않기에 갖은 절망과 비관의 골이 생기는 것이다. 쏜살같은 시간 속에서 어제보다 좋아지기보다 나빠지지 않으면 감사하는 나이가 되었다. 생활에 만족하여 즐겁고 흐뭇함을 느끼는 상태나, 부족함이 없는

것이 행복이라면 그 어렵고 길게 잇지도 못할 찰나를 어찌 다스릴
수 있으랴. 행복의 조건은 정말 많은 것들을 필요로 하고 요구한
다. 때론 당치 않은 것을 원할 경우도 있다.

　과거는 커다란 창고이고, 현재는 툇마루에 앉아 있는 것이고,
미래는 방 하나 정도라는 소릴 들었다. 어쩌다 조용한 시간이 생기
면 큰 창고를 열고 회상하는 일이 생겼다. 적지 않은 부분이 회한과
아쉬움으로 각인되어 가슴이 먹먹해진다. 짜릿했던 행복감도 찾기
가 쉽지 않다. 수도 없는 일들을 겪으면서 그때 그 순간이 영원으로
이어졌으면 했던 적이 있었던가. 굳이 올려놓으라면 잃어버렸던
나를 찾은 그 날이 아니었을까 짐작한다. 우여곡절의 인생길을 걸
어오면서 나 자신은 없었고, 주위 사람들만 챙기며 살아 온 날들이
었다. 어느 날, 한숨을 돌리면서 행여 다른 모습의 나를 발견할
수 있으리라는 기대를 가져보았다. 우연찮게 들어선 글쓰기와 친
구의 권유로 연습해 본 오일 페인팅이었다. 한 편의 글과 한 점의
그림이 완성되었을 때는 마음의 별들이 쏟아져 보석이 되었다. 내
가 아닌 나를 만난 그 날은 감격과 행운이 한꺼번에 몰려와 얼싸
안았다.

　스스로를 치켜세운 12월, 매서운 추위가 덤벼도 흥분의 열정이
가득하여 자신은 녹아버리고 남은 것은 가슴 뿌듯한 환희였다. 인
생의 아름다운 순간이었으리라. 메마르고 건조한 사막에서 시원한

물 한 모금 마시는 청량감이었다. 시간은 흘러가는 것이 아니라 채워가는 것이라 했듯 남겨진 날들을 무엇으로 메워가야 옳을까 고심을 한다.

흔한 사람이 되지 말고 귀한 사람이 되라는 가르침을 들어본다. 나를 힘들게 하는 사람이 스승이 될 수 있다는 역설적인 말도 귀담아본다. 달려가다 쉬는 것은 게으름이 아닐 것이다. 옳은 가르침이 제대로 성장하도록 마음 밭을 가래질하여 이기심과 욕심을 거른다. 우선 마음에 깃드는 평화가 행복이며, 거기 내가 있기를 바라기 때문이다.

선행은 드러나기 싫어한다

　인생의 회전목마를 타고 시간을 밟는 길목엔 잊을 수 없는 일, 잊을 수 없는 사람들이 수없이 명멸한다. 사람이 한 평생을 살면서 잊지 못할 사람이 과연 몇이나 될까? 그것도 성격에 따라 범위가 다르고 대상이 판이할 것이다. 해질 무렵 바람에 살랑이는 나뭇잎이 파닥거리며 햇살을 뿌릴 때면 이름도 성도 모르는 한 여인의 고마운 회상이 떠오르며, 어느 하늘 아래서 어떻게 지내는지 안부가 궁금해진다.

　십여 년 전, 워싱턴 주 시애틀로 여행을 갔다. 그때 애견인 '국희'라는 포메라니언 종 강아지도 동행했다. 목적지에 도착해 자동차를 렌트하기 위해 잠시 사무실에 들른 사이 국희는 나를 찾아 어디

론지 간 모양이다. 잃어버린 강아지를 찾기 위해 저녁나절까지 사방을 찾아 헤맸으나 끝내 찾지 못해 낙심하며 애를 태우고 있었다. 그때 어느 중년 남성이 다가와 당신이 찾는 강아지가 앞 도로에서 차에 치었는데 그 차는 도주했고, 뒷차에 있던 여자가 다친 강아지를 태워가면서 혹시 주인이 나타나면 페더럴 웨이에 있는 가축병원으로 간다는 말을 남기고 떠났다고 했다. 그가 알려준 병원으로 전화를 했지만 직원 모두 퇴근한 후였고, 위급사항시에는 어번에 있는 응급실로 가라는 음성 메시지만 흘러나왔다. 지푸라기라도 잡고 싶은 심정으로 다시 응급실로 연락을 하니 다행히도 국희는 그곳에 입원하고 있었다. 물어물어 응급실에 도착했을 때는 늦은 밤이었다. 국희는 털이 조금 깎인 채 각목에 발이 묶여 링거를 맞고 있었고 허리 부상을 입었다. 그 광경을 목격한 순간 재회의 기쁜 눈물이 한없이 쏟아졌다.

말 못하는 동물이라도 생명이 있는 강아지를 치어놓고 뺑소니를 친 양심 없는 사람도 있지만, 사고로 다친 강아지를 살려야 한다는 일념으로 바쁜 걸음을 멈추고 치료 가능한 병원을 수소문해서 치료를 맡기고 간 그 여인의 선행이야말로 순수하고 아름다운 인정이 아닌가, 다음날 그 여인은 강아지의 생사와 주인이 찾아 왔느냐를 병원 측에 확인했을 뿐 신분은 밝히지 않았다는 것이다. 연락 방법이 없어 은혜를 입고도 보답의 인사도 하지 못하고 우리는 LA

로 돌아올 수밖에 없었다.

한 여인의 보살핌으로 건강을 회복한 국희는 올해 15살이 되었다. 그 여인에게 감사하는 마음으로 정성을 다해 국희를 키웠지만 나이는 사랑처럼 감출 수 없는 것 같다. 노년을 맞은 국희는 모든 기력이 약해졌고 예전의 모습 하나하나를 상실해가며 생명의 여분을 남겨 놓지 않고 있다.

은혜를 베풀 때 오른손이 하는 일을 왼손이 모르게 하라고 성서는 가르치고 있다. 우리가 그렇게만 살 수 있다면 세상은 얼마나 아름다울 것인가. 그러나 사람들은 모든 것을 의식하며 계산하는 동물이다. 그렇기에 세상은 작은 선행도 드러내며 칭송받고 싶어 한다.

남에게 선을 베푼 자는 자기 자신에게 선을 베푼 자라고 한다. 착한 일을 했다는 의식은 인간에게 최고의 행복을 느끼게 한다는 것이다. 그래서 선한 일을 한 사람은 그 행위 자체는 물론 자기 자신이 밖으로 드러나는 것을 싫어한다고 한다.

국희에게 선행을 베풀었던 그 여인의 아름다운 심성은 생명을 사랑하라는 마음을 일깨워 주었다. 그 여인을 본받아 다른 사람에게 잊지 못할 도움을 주어도 드러내지 않는 선행으로 행복감을 느껴야겠다고 다짐하며, 잊을 수 없는 그 여인의 만수무강을 빈다.

첫 손자

인간 생활의 여러 기쁨 중에 경건한 기쁨은 아기가 태어나는 기쁨일 것이다.

아기란 참으로 신비한 신의 선물이다. 한 아기가 태어난다 함은 그의 심신과 영혼이 처음으로 우주 안에 심어진다는 뜻이며 그 영혼은 유일하고 독특한 것이다.

아들이 결혼을 하고 첫 아들을 낳았다. 아기가 태어나면서 아들 내외는 처음 부모가 되었고 나는 이순 나이에 할머니가 되었다. 성경에서 손자는 노년에 면류관이라고 했으니, 이제 나는 그 면류관을 쓴 것이다. 오랜 세월 동안 아기가 없던 우리 가정에 손자를 주시며 새로운 인간 꽃이 피었으니 그 축복에 감사하는 마음이 크다.

아기의 손목을 잡아 보니 따스하다. 아무리 보아도 지루하지 않고, 보고 또 보아도 귀엽기만 하다. 조그만 손자를 품에 안으면 지구를 안은 느낌이다. 앙증스런 두 발과 함께 작은 온 몸이 나에게 안겨올 때 향기로운 냄새에 취해 눈을 감게 된다.

갓 태어난 아기를 보며 식구들은 눈빛이 영롱하다느니, 볼이 우웃빛이라느니, 누구를 닮았느니 안 닮았느니 즐거운 말들이 오가며 야단들을 떤다. 어디 하나 신비스럽고 사랑스럽지 않은 곳이 없는 손자의 얼굴은 황홀경이다.

처음으로 한 아기의 부모가 된다는 것은 경이롭고 무한히 행복한 일이나 책임감 또한 크다. 향기로운 숨을 쉬고 있는 사랑스런 생명을 품에 안고 아기를 들여다보는 엄마 아빠, 그들의 눈길과 가슴에는 온유한 미소와 평화가 가득하다. 나 역시 20대 초반에 결혼하여 두 아이의 엄마가 되었다. 지금 돌아보면 육아법을 잘 몰랐기에 소홀함도 많았을 텐데, 어떻게 키웠는지 스스로 대견하다.

평소에 중년 여인들이 모이는 자리에 빠짐없이 등장하는 이야기는 저마다 눈에 넣어도 안 아픈 금쪽같은 손자, 손녀 자랑이다. 오죽하면 한 번 자랑할 때마다 돈을 내놓고 하라는 말까지 해도 저마다 기권이 없다. 어떤 사람은 며느리 행동이 얄미울 때가 많았는데 손자를 본 후로는 더 귀엽게 보이더라는 것이다. 이런 이야기들이 믿기지 않던 나였는데, 요즈음 나 역시 은연중 손자 자랑 비슷한 이야기를 흘린다. 아기가 어찌나 순하고 방긋방긋 웃으며 무럭무럭 잘 자라는지…. 나 또한 못 말리는 할머니 대열에 끼는 것이 아닌가 싶다. 손자란 천사만큼이나 아름다운 존재임에 틀림없는 것 같다.

'너를 향한 할머니의 사랑은 주님께서 너를 품어주시며, 지혜로운 아이로 건강하게 자라게 해주시고, 귀한 그릇이 되기를 소망하는 기도의 끈을 놓지 않는 일이다. 하나님 앞에 늘 겸손하라고 지은 '하겸'이라는 한글 이름과 하늘로부터 내려온 성스럽다는 'DAVIN'이라는 영어 이름처럼 반듯한 사람으로 성장하거라. 또한 아름다운 마음씨를 가진 아이가 되라는 마음을 담아 안데르센의 동화집과 그림 우화집을 사주고 싶다. 소중한 아가야, 너는 우리 집안의 장손인 내 첫손자이다. 밝게 튼튼하게 쑥쑥 자라기를 축복한다.'

성형 시대

비만과의 전쟁은 이제 강 건너 일만이 아닌 듯 싶다. 주변의 많은 사람들이 비만 때문에 걱정을 하고 있으니 말이다. 사람들은 왜 걱정을 할 정도로 비만해지는 것일까. 과체중에는 체질적인 이유와 원인도 있겠지만, 무엇보다 식생활이 문제일 것이다. 먹고사는 게 풍요롭고 편안하다 보니 자연히 게을러지고, 결국에는 잘못된 식생활에 길들어진 탓이다. 서양식 생활 습관이 결국 뚱뚱보를 만들고 질병을 양산했다고 말하기도 한다. 잘 먹고 잘사는 것은 인류가 지향하는 일이지만, 이로 인해 성인병이 만연하게 된 것이다. 예방이 최고라고 하여 운동을 열심히 하고 과일과 야채를 많이 먹고 또 짜게 먹지 말라고 하지만, 말처럼 쉬운 일이 아니다.

비만을 걱정하는 것은 건강상의 이유 때문만은 아니다. 날씬하면 아무것이나 입어도 맵시가 나지만 우람한 체격에는 그렇지 못하기 때문이다. 모델들이 죽음을 무릅쓰고 뼈와 가죽만 남긴 채 살을 빼는 것도 결국 옷맵시를 위한 것이 아닌가, 모양 내기 위한 극한 다이어트로 인해 영양실조와 골다공증의 피해가 심각해진 것도 사실이다. 중세시대 여자들의 나신을 보면 가슴도 엉덩이도 허벅지도 풍만하여 안정감이 있고 편안해 보인다. 미인의 조건이 바뀐 세대를 사는 우리들은 그렇다고 무관심할 수만은 없기에 걱정이다. 오죽하면 머리가 나쁜 것은 용서해도 뚱뚱한 것은 용서가 안 된다는 말까지 나왔을까.

한동안 육식만 하는 황제 다이어트가 유행하더니 청국장, 우롱차, 식초를 먹으면 몸에 좋고 살이 빠진다고 떠들썩한 적도 있다. 요즘은 일본에서 시작되었다는 바나나 다이어트를 놓고 한바탕 법석을 떤다. 이곳에서는 흔해 빠진 바나나가 일본에서는 품귀 현상에 값도 비싸졌다니, 이럴 때 바나나 장사를 하면 어떨까 하는 맹랑한 생각도 해본다. 유명 연예인의 체험담 때문에 불티나게 팔린다는 바나나 다이어트 책이 있어, 몇 개 국어로 번역본까지 나온다니 바나나 다이어트의 효능을 믿어야 옳은지 모를 일이다. 아침에 바나나 한두 개와 물을 마시면 되는 이처럼 쉬운 다이어트가 어디 있을까 싶다. 세상에 요요현상을 피할 완벽한 다이어트란 아직 없을 것 같다.

　나 역시 조금씩 몸무게가 늘더니 이젠 비만을 걱정할 지경이 되었다. 나잇살 때문이기도 하지만, 어쨌든 15파운드나 늘어난 체중 때문에 몸도 둔해지고 행동도 굼떠졌다. 무릎 관절도 아프고, 무엇보다 옷매무새가 나지 않는다. 비만 때문인지 몰라도 고혈압 진단을 받고 혈압강하제도 복용하게 되었다. 다부진 체격이 아니지만 워낙 마르고 큰 키에다 저혈압이었는데, 정말 모를 일이다. 미국에 처음 왔을 때 패스트푸드 음식점에 갔다가 사람들이 16온스나 되는 컵으로 음료수를 마시고 엄청나게 큰 햄버거를 먹는 것을 보고 놀란 적이 있다. 그랬던 나도 이제 거부반응을 느끼지 않고 다른 사람들처럼 당연한 것으로 여긴다. 아마도 내 몸이 육중하게 된 것은 이 때문인지도 모르겠다.

　풍만하거나 오동통한 사람에게 매력을 느끼는 시대는 아닌 것 같다. 시대 풍조가 그런 것을 어쩌겠는가. 요즘은 다이어트로 비만을 해결하기보다 아예 성형에 호소하는 사람들도 있다. 성형 기술이 극도로 발달되고 가격 경쟁도 심해, 두루뭉술한 채 살아가는 사람은 게으른 사람으로 낙인을 찍기도 한다. 절대로 안했다고 우기던 연예인들도 이젠 서슴없이 어디에 칼을 대어 몸매를 고쳤다고 당당하게 말을 한다. 하긴 날씬해질 수 있다는 말에 마음이 가지 않을 수 없을 것이다. 누구든 자기의 신체적 약점은 스스로 잘 알고 있다. 이 부분만 고치면 되겠기에 손을 대고, 이에 만족하면 다른 곳까지 손댈 욕심이 생기는 것이다. 그러기에 '선풍기 여인'이라는 성형 중독자가 나오기도 했다.

내 주위에도 성형 수술로 몸매를 가다듬은 사람들이 더러 있다. 말들은 "그냥 생긴 대로 살다 가지, 하긴 뭘 해"라고 하지만, 속내는 그렇지 않다는 것을 알 수 있다. 성형외과에 가기 위해 계모임까지 한다는 이야기도 있지 않은가. 날씬해지고 십 년은 더 젊게 보인다는데 어느 여자가 혹하는 마음이 안 생길까 싶다. 한 달 전 남편이 한국 비디오를 빌려 와 같이 보았다. 잘못된 성형 수술의 피해자들을 취재한 것이었다. 죽은 사람, 식물인간, 장애인도 생각보다 꽤 많았다.

나도 체중계에 올라서면 누가 볼까 얼른 올라섰다가 재빨리 내려온다. 작년 다르고 올해 다른 내 사진을 보면서 '한 번 성형해야 하지 않을까' 하는 유혹을 느끼는 것도 사실이다. 가까이 사는 동생이 굵은 팔뚝 때문에 한 여름에도 소매 없는 옷을 못 입었다. 한국 아가씨들은 어쩌면 그리도 팔뚝이 가는지 모임에 나가면 자기 혼자 긴 팔 입고 있는 게 싫다 못해 스트레스가 된다고 푸념을 하기도 했다. 결심을 한 다음 '스마트 라이포'라는 방법을 통해 치료를 받고 나니 흉터도 없고 놀랄 만큼 효과가 있었다. 좋은 세상! 자신감이 생겨 짧은 티셔츠를 입은 그녀를 보니 성형 수술에 대한 두려움이 얼마만큼 사라졌다. 첨단화된 의료 기계와 기술이 그 끔찍스런 비디오의 악몽을 지울 수 있으리라고 생각하기도 했다.

사람은 나이 들면서 늙게 마련이고, 주름도 생기고, 피부 탄력성도 떨어지는 게 당연하다. 자연스런 노화 현상을 돈과 시간과 용기로 막는다는 것은 좋고 나쁨을 판단하기 어렵다. '남이 하면 불륜이요, 내가 하면 로맨스' 라고 나 역시 그런 부류였다. 그러면서도 축 처져 있는 얼굴 근육과 늘어지는 뱃살을 보며 성형 수술에 유혹을 느끼는 것도 어쩔 수가 없다. 더군다나 나는 피부가 곱지 않아 거칠고 잡티도 많기에 피부 고운 친구들을 부러워했다. 스킨 케어도 해 보고 그럴싸한 화장품도 써 보고 레이저 치료까지 받아 봤지만, 그 이상은 고개가 갸우뚱해진다.

먹을 만큼 먹은 나이 때문인지 몰라도 모든 게 조심스럽고 주위 사람들의 시선 앞에서 나 몰라라 하기도 그렇다. 주제넘다는 소릴 듣지 않을 정도의 자기 관리를 하는 것은 어떨까 해서 귀를 세워보기도 한다. 어디 면접시험을 볼 것도 아니고 맞선 볼 처지도 아닌 게 참으로 다행이라고 생각될 때도 있다. 하지만 생김새나 몸매를 갖고 판단하는 이미지 시대가 되었으니 아름다운 이미지를 위해 성형에 합류해야 할 것인가 고민이 된다.

세라비

남편은 바다낚시는 건강에 큰 도움이 된다고
말한다. 다리 힘도 생기고 팔 근육도 강해지며,
햇빛에 비타민 D도 풍부해지니 보약이 따로 없다고 하며
레저의 힘이라고 한다. 건강한 인생만큼
중요한 게 또 있겠는가, 막을 재주가 없다.
낚시꾼의 아내가 된 나는
남편의 다음 행선지는 어딜까 궁금해지니
세라비, 이것이 인생이다.

세라비

어려웠던 시절에는 레저 생활은 꿈도 못 꾸었지만 풍요로운 삶을 누리는 현대인은 각자의 성격이나 처지에 따라 다양한 레저 활동을 즐기며 산다. 자기가 좋아하는 일이면 그것이 취미요 레저다. 산다는 것은 스트레스에 시달리는 일이다. 스트레스 해소법으로 나름대로 취미생활을 갖는 게 이상적이다. 취미생활은 정신문화의 토양에 꽃을 피우며 삶에 활력소가 되기 때문이다.

우리 부부는 젊었을 때 한동안 골프를 쳤다. 그러다 나이 들면서 부부가 함께할 수 있는 취미생활은 무엇일까 궁리 끝에 찾아낸 것이 바다낚시이다.

LA는 태평양을 가까이에 두고 있어 언제든지 고기를 잡으러 바다로 나갈 수 있다. 롱비치나 샌페드로 항에 가면 새벽부터 고깃배들이 시간마다 출항한다. 남편의 생일 선물로 낚싯대와 릴을 장만해 시작한 낚시 레저인데, 나는 때마침 시작한 수필 강의에 참석하느라 따라 갈 기회가 적어 부부가 함께 하는 공동 취미생활이 되지 못했다.

늦게 배운 도둑질에 밤새는 줄 모른다는 옛말이 있듯이 남편은 바다낚시에 올인했다. 어떤 일에든 건성으로 하지 못하고 최선을 다하는 성격 탓인지 낚시동호회 감투까지 쓰는 등 뱃사람 못지않게 고기잡이를 했다.

처음에는 반나절 배를 타더니 나중엔 온종일로 연장되었고, 1박 2일이 2박 3일로 원양어선을 타는 게 예사가 되다보니 나는 낚시꾼의 아내가 되어 주말 과부는 물론, 주중 과부 신세가 되었다. 처음엔 작은 생선도 고마워하며 기뻐했건만 지금은 작은 고기는 바다에 놓아주고 대어만 낚아와 나를 놀라게 한다. 나는 생선회는 좋아하지 않아 금방 잡은 싱싱한 고기라도 입에 대지 않는다.

낚아오는 생선들로 우리 집 냉동실은 용량초과이다. 날로 쌓여가는 생선들을 처분하기 위해 이웃이나 지인들에게 나누어 주는 것이 이제 즐겁고 행복한 일이 되었다. 그들에게서 생선이 싱싱하여 참 맛있었다는 감사의 인사를 받을 땐 풍성하게 차오르는 기쁨 때문에 낚시꾼 아내도 좋으니 어서 고기 잡아 오라는 채근도 서슴없이 하게 된다.

고기잡이에 이력이 난 남편은 대어를 자주 잡아 상금도 타온다. 얼마 전에는 42파운드짜리 민어를 잡아 동호회에 큰 경사가 났고 우리집 뒷마당에서 생선회 잔치가 벌어졌다. 꼬들꼬들하고 고소한 맛에 그날 모인 사람들이 어찌나 잘들 먹는지 푸짐한 접시가 순식간에 비워졌다.

이 달도 멕시코 근처에서 잡아온 방어와 참치로 새 냉동고를 사 들여만 했다. 취미생활이 이제는 완전히 어부를 방불케 한다. 누가 나에게 남편의 직업을 물으면 어부라고 하니 낚시가 직업이 아니라고 남편은 정색을 한다. 직업 중 가장 위험 부담이 큰 직업이 어부라고 하니, 고기 잡는 일이 만만한 일이 아님을 알 수 있겠다. 고기를 잡으러 멀리 바다에 나가면 소식이 두절된다. 간혹 문자 메시지로 소식을 알리기도 하지만 집으로 돌아오는 순간까지는 노심초사다.

남편은 바다낚시는 건강에 큰 도움이 된다고 말한다. 다리 힘도 생기고 팔 근육도 강해지며, 햇빛에 비타민 D도 풍부해지니 보약이 따로 없다고 하며 레저의 힘이라고 한다. 건강한 인생만큼 중요한 게 또 있겠는가, 막을 재주가 없다. 낚시꾼의 아내가 된 나는 남편의 다음 행선지는 어딜까 궁금해지니 세라비, 이것이 인생이다.

텅 빈 집

집에 아무도 없다. 방마다 문을 열어보니 텅 비었다. 나 혼자만 남겨두고 어디론가 신나게 떠나버린 날이다. 남편은 사흘 동안 참치를 잡으러 바다로 갔고, 아이들은 어딘가로 외출을 한 것 같다. 꽉 찼던 집이 텅 비었다. 이토록 조용한 것을 보니 무슨 요술을 부린 것 같다.

적막을 지워 버리고 싶어 TV를 켜보나 복잡한 리모컨 작동법을 몰라 포기한다. 지금 내가 있는 이 상황, 이 공간이 아무래도 나하고 맞지 않은 것 같아 안정이 되지 않는다. 이 나이가 되도록 지금처럼 고요하고 텅 빈 공간에 놓여 본 적이 언제였던가.

사람을 좋아하는 성격 탓도 있겠지만 인심이 후하고 편하다는 이유로 내가 있는 곳이나 집에는 언제나 사람들이 모여 들어 떠들썩했고 시끌벅적했다. 함께하는 좋은 시간을 즐기면서도 때론 아무도 방해하지 말고 조용히 글도 쓰고 사색도 하고 싶다고 간절히 원하기도 했는데, 지금 나는 이 고요가 견디기 힘들어 이 방 저 방을 기웃거리며 서성거리는 자신이 우습다.

노인아파트에 입주해 조용히 살 것이라고 자식들 앞에서 큰 소리 치던 나는 어디로 갔는가. 너무 조용해서 혼자라는 것이 무섭고 불안해 완벽한 고독 속의 자유를 만끽할 수가 없다. 정이라는 문화에 길들여진 사람들은 무리를 지어 행동하는 삶을 좋아하는 것이 오랜 인습이다.

사람은 믿을 데가 있으면 오히려 약해지는 것 같다. 나 자신도 모르는 의타심이 생긴다. 나 아니라도 할 사람이 있다는 생각을 하면 누구나 게을러지고 무관심해지게 마련이다. 지금 내가 그렇지 않은가, 가족들이 다 알아서 챙겨주고 도와주었기에 웬만한 일에는 신경 쓰지 않고 살아왔다. 그렇기에 혼자서는 TV도 켜지 못하고 있는 답답한 꼴이다.

이젠 시대가 달라졌다. 언제나 가족과 함께 떠들썩하며 지낼 수만은 없다. 때가 되면 모두 내 곁을 떠나갈 것이다. 결국 산다는 일은 나 혼자 견뎌내야 한다는 사실이다. 그것을 깨닫는 순간은 당황할지라도 믿기지 않은 힘이 내게 있다는 것을 발견하고 스스로 살아내는 지혜를 터득하게 되리라, 누구의 도움도 구할 수 없고 오직 나 자신뿐이고, 자신의 의지대로 판단하고 결정하는 독거노인의 삶이 어쩜 미래의 내 자화상일 수도 있지 않겠는가,

사람은 혼자일 때 비로소 강해진다고 한다. 아니 강해질 수밖에 없다. 철저히 나 혼자라는 사실을 자각할 때 비로소 비장된 모든 가능성을 발휘하게 된다.

텅 빈 집에서 서성거리는 마음을 잡아 줄 사람은 바로 나 자신의 홀로 서기다. 오늘은 그런 생각을 해보는 날이다.

내 마음의 치유

갑자기 검은 구름이 몰려온다. 소낙비가 곧 쏟아질 것 같아 서둘러 텃밭에 나가 일년초의 명을 다한 들깨와 토마토를 뽑아내고 상추와 부추 씨를 잔뜩 뿌려 놓고 나니 온몸에 식은땀이 흐른다. 달포 전 독감으로 고생을 했는데, 면역성이 약해진 탓인지 달갑지 않은 손님처럼 또 감기가 찾아든 것이다. 외출을 자제하고 집안에 틀어박혀 있자니 몸이 자꾸 처지고 답답증이 났다. 움직이며 활동해야 감기를 떨쳐낼 것 같아 밭과 마당을 깨끗하게 치워 놓았다. 지저분한 것을 못 보는 성격 탓이긴 하나 청소를 끝내고 나니 허리 통증이 심하게 온다. 허리가 부실해 버겁게 일을 하거나 무거운 것을 들고 나면 서고 앉는 일조차 힘들 정도로 후유증이 온다. 몸이 성치 못하면 마음도 따라 약해진다.

몸도 마음도 약해지다 보니 혼자 있는 시간에는 마음 밑바닥에 흐르는 갖가지 상념들이 되살아난다. 비바람이 지나간 후 땅은 더욱 굳고, 풀무불에 단련된 쇠가 더욱 강하다고 하는데 나는 선뜻 손을 들고 나설 사람이 못 된다. 평범하게 사는 것이 행복한 삶이라고들 하는데, 나는 여자로서 평범하지 않은 삶을 살아왔다. 그 삶 속에 한이 많고 삶의 마디도 굵지만 시련에 단련된 강심장의 여인은 아니다.

청춘에 혼자된 나는 짙은 안개 속 깊은 산속에 홀로 서 있는 암담한 시절을 지나며 상처와 한이 깊어갔다. 열 사람의 격려나 위로보다 한 사람이 무심코 던진 말이나 비난이 상처가 되어 더 아팠다. 마음이 시들해져 가며 주눅이 들고 우울해지는 것이다. 넘어져 생긴 상처라면 연고라도 바르고 찢어진 곳이라면 꿰매기라도 할 텐데, 눈에 보이지 않은 상처는 치료하기가 쉽지 않았다.

어느 날부터 나는 마음속에서 하고 싶은 말들을 글로 써가며 나 자신과 대화를 시작했다. 억울함, 분노, 슬픔, 수치심, 원망에 대한 마음을 글로 표현하며 토로해 내다 보니 가슴이 후련해짐을 느꼈고, 그 상처들을 한 발 떨어진 자리에서 바라보는 마음의 여유까지 생겼다.

그런 경험이 있은 후, 수필쓰기 공부를 시작했다. 수필은 자신이 살아온 삶의 경험을 바탕으로 솔직한 글을 쓰는 작업이라는 것에 마음이 끌리게 된 것이다. 수필공부를 통해서 글벗들과 창조적인 만남을 갖게 되었고, 살맛 없던 생활에 의욕이 스며들며 문학이라는 빛나는 세계를 알게 되었다. 내 마음에 얼룩으로 남은 상처와 한을 솔직하게 수필로 풀어내며 나누었을 때 얼룩을 지워낼 수 있는 치유의 방법이 되었다.

글을 쓰는 사람은 맑고 순수하여 미움이나 분노의 마음을 지우고 사랑하는 마음을 가져야 좋은 글을 쓸 수 있다고 한다. 좋은 글을 쓰고 싶은 꿈을 안고 날마다 마음의 때를 벗겨내며 비우는 기도를 드리고 있다. 가슴을 적시는 한 편의 글을 쓰기 위해 심혈을 기울이고 싶다. 문학으로 치유되고 회복된 지난날의 상처들을 모아 나만의 글밭을 가꾸며 아름다운 글꽃을 피우기 위해 마음과 정신의 건강을 유지하면서 감사하며 살아가고 있다.

소나타

　미국은 만 16세가 되면 법적으로 자동차 운전을 할 수 있는 자격을 갖게 된다. 청소년들은 16세가 되어 운전면허시험을 치르게 되며, 합격하면 운전면허증이 발급되어 집으로 우송된다. 부모들은 운전면허증을 받은 아이들이 차를 사달라는 성화에 새 차든 중고차든 사주게 된다.

　내 경우 집과 직장의 거리가 멀어 딸아이의 아침등교를 시켜줄 수는 있었으나 하교시에 딸아이를 데리러 가는 일은 불가능했다. 그 무렵 아들이 면허증을 받았다. 이런저런 사정을 감안하여 중고차를 사주며 몇 가지 조건을 내세웠다. 첫째는 동생의 등하교를 책임질 것, 둘째는 10마일이상 되는 거리는 제한할 것, 셋째는 가능한 한 친구를 탑승시키지 말 것 등이었다. 단단히 약속을 지켜야 한다고 다짐을 받고 아들에게 차를 사주고 자동차 키를 넘겨주었다. 그런데 그 순간 이후부터 나는 자나 깨나 불조심이 아니라 운전 조심, 안전운전만을 당부했다.

신중하게 행동하던 사람도 운전대만 잡으면 평소의 차분함은 온데간데없고 느닷없이 도심의 카레이서로 돌변한다. 평소에 쌓인 스트레스를 과감한(?) 운전으로 해소하는 것 같다. 누구나 처음 운전을 시작하면 예상대로 한 번쯤은 사고를 내기 마련이다. 차분한 성격의 아들도 예외가 아니게 사고를 크게 내었다. 차는 폐차되고 아들은 응급실로 실려 갔다. 사고 후, 탱크처럼 단단한 차를 다시 구입해 주며 입이 닳도록 안전운전을 하라는 간청을 했다.

청소년들의 교통사고는 최고의 기록이라고 한다. 그들은 옆 차선에 조금의 틈만 보이면 즉각 차선 변경을 감행하고, 앞 차가 조금이라도 주춤거린다 싶으면 당장 경고의 하이 빔을 날린다. 급가속과 급정거는 기본이고, 급차선 변경과 과속도 마다하지 않는다. 겁 없는 신세대들이다. 집안에 조카뻘 되는 아이도 교통사고로 세상을 떠났기에 보도되는 교통사고 소식은 오금을 저리게 한다.

이웃이던 한 집은 경제적인 능력도 상당한 집안이었는데 고등학교를 졸업한 아들에게 할아버지가 타시던 낡은 고물 트럭을 물려주었다. 그 고물차를 물려받은 아들이 차를 그냥 주셔서 감사하다고 정중히 말하는 것을 보고 충격이 컸다. 주변의 한국 부모들은 자신이 하지 못한 것을 자식을 통해 이루려는 보상심리를 가지고 있다. 그런 심리적 이유에서인지 이제 막 운전을 시작하는 학생, 초보운전자의 신분에 맞지 않는 고급승용차를 사주는 과시적 사랑을 흔히 보았기 때문이다. 어떤 모습이 자녀를 위한 올바른 교육인지 굳이 설명이 필요 없다.

대학에 들어간 아들이 어느 날 "어머니도 애국자가 되어보세요." 한다. 뜬금없이 무슨 소리냐고 하니 어머니는 일본 차나 미국 차만 선호하며 한국 차를 거들떠보지 않으시는데, 그것은 외제차가 좋고 한국 차는 못하다는 선입관 때문이라고 했다. 이제는 그 선입관이 옛이야기라고 하는 것이었다. 한국 차가 값도 저렴하고 성능이 좋다고 외국인의 감탄은 물론 선호도가 높다고 하며, 자기가 소띠이니까 한국 승용차 '소나타'를 사겠다고 했다. 애국심을 운운하며 조국을 자랑하는 아들이 대견스러웠다. 또한 한국 제품이 세계인들에게 인정을 받는다는 소식도 기분이 좋았다.

결국 아들은 소띠가 타는 까만 승용차 '소나타'를 샀고, 2년 동안 애지중지하며 타다가 직장 관계로 한국으로 귀국하면서 소나타를 두고 떠났다. 아들이 보고 싶을 땐 아들을 보듯 소나타를 어루만지며 돌아올 아들을 기다린다.

허물 벗듯이 달라져야지

작열하던 태양이 숨어드니 조석으로 서늘한 바람이 불어 생기가 도는 가을이다.

가을은 인간의 장년기와 같다. 10월에 접어들면 동네 가로수들은 장년기의 색깔로 물들어 그 풍경이 그림 같고 시적이다. 노랗게, 발갛게 채색되어 간다. 주홍은 태양빛이고, 타오르는 노을빛이 아닌가. 자기의 의무를 다 마쳤다는 자세로 나뭇가지에서 쉬고 있는 풍경이다. 가을 나무에 피는 꽃은 우리를 슬프게 한다.

스스로 종말이 돌아올 것을 생각하듯이 지난날을 생각하는 것 같다. 바람에 시달린 것들, 비바람에 시달린 것들, 폭풍우에 시달린 것들, 뙤약볕을 견디어낸 것들, 거센 태풍을 견디어냈던 것들,

벌레들에게 침해를 당했던 것들…, 이런 갖가지 시련을 견디어낸 것들만이 살아남아 사명을 다하고 이제 마지막 생애를 아름답게 장식하고 있는 것이다.

가을 나무의 생애, 곧 사라져가야 하는 종말의 의미를 보여준다. 나무처럼 짙은 젊음은 가고 이제 장년기에 선 나는 지금껏 바쁘게 살아오느라 돌아보지 못했던 자신의 삶을 가을이란 배경 속에서 뒤돌아보며 옷깃을 여민다.

잘살아 왔는가. 후회 없이 살아 왔는가. 자신의 시간을 갖지 못하고 떠들썩하게 살아온 것은 아닌가. 남에게 관심 두고, 바깥 세상에 관심 두고, 자신의 일이 아닌 것에 마음을 다 쏟고, 외부로만 들떠서 떠들썩하게 살아온 것은 아닌가. 칭찬보다 오해가 더 많았고 이해보다 꾸중이 더 많았던 것은 아닌가. 사랑하라 했는데 미워하지 않았는가. 나누라고 했는데 빼앗지는 않았는가. 남에게 해로운 일은 하지 않았는가. 정직하게 살아 왔는가. 내 것에만 연연하며 움켜진 주먹은 아닌가. 꿈을 이루었는가. 얼마나 성실히 살아왔으며 그 결과로서 이룩한 보람은 어떤 것인가. 대충대충 건성으로 살아온 것은 아닌가를 골똘하게 생각하며 자신에게 묻는다.

어떤 물음에도 확실히 대답할 수 없음을 깨닫는다. 이제 수시로 자문자답하며 살아가야 하리라. 가을이 오고 또 가을이 가는 사이, 나 또한 가고 마는 것이기에 허물을 벗듯 달라져야겠다는 뜨거움이 가슴에 고인다.

내 삶의 무수한 잔가지를 정리하고 자신을 정돈해야 할 때이다. 삶의 군더더기는 모두 떨구고, 무거움을 벗어 가볍게 비우면서 새롭게 살고 싶다. 날아가는 꽃씨는 가벼워도 태산 같은 생명이 있지 않은가, 아름다운 영혼의 진수를 드러내며 품위를 지키는 멋있는 사람이 되고 싶다. 이 가을엔 문화 충전을 위해 많은 시간을 써야 할 것 같다.

고맙고 고맙다

25년 전, 나는 어린 남매를 데리고 여동생 집에 놀러왔다. 그게 계기가 되어 결국 이곳에 주저앉게 되었고, 긴 소설을 쓸 만큼의 사연들이 일어났다.

삶이란 계획하고 소원한 대로 이루어지지 않는 경우가 많지 않은가. 크고 넓은 땅에 피붙이라곤 동생 하나뿐이었지만, 생활의 차이와 고루한 나의 성격 때문에 틈만 나면 아옹다옹 다투었다. 결국 서운한 앙금을 남기고 헤어져 따로 나와 살게 되었다. 영어도 부족한데다 영주권도 없었고 운전은 겁이 많아 포기한 상태였다. 오기로 아파트를 얻어 나왔으나 전기, 가스, 전화 신청부터 장보는 일까지 답답한 게 한두 가지가 아니었다.

　일일이 챙겨주던 친정도 시댁도 여긴 없고, 조곤조곤 알려주는 사람 역시 드물었다. 우물 안 개구리 같던 지난 세월이 도움은커녕 어려움만 더할 뿐이었다. 설상가상으로 아메리칸 드림을 일구며 잘 살아 보자던 꿈은 가장의 빈자리로 인해 빛바랜 무지갯빛, 구겨진 종이가 되어 버렸다.

　얼마의 가져온 돈과 수시로 보내주는 송금으로 먹고 노는 생활을 계속할 수 없게 되었다. 제일 잘할 수 있는 첫 번째는 돈 쓰는 일이었고, 두 번째는 사범증이 있어 조금은 자신이 있던 꽃꽂이였다. 때마침 꽃까지 맡아하는 웨딩숍에 파트타임 취직을 했다. 일주일에 두세 번 나가 일을 하니 월급이라야 감칠맛 나는 정도였다. 하지만 내가 일을 잘했는지 두 달이 지나자 풀타임으로 승진하였다. 나에게도 뭔가 용기가 생겼다.

　힘은 들어도 인정받으며 재미있게 일을 할 즈음, 결혼사진 정리를 하는데 멀쑥한 흑인 하나가 들어왔다. 자기가 일할 게 있느냐고 물었다. 주인 여자는 없다고 잘라 대답하였다. 알았다고 나간 그 남자는 십여 분 후 다시 들어 와 권총을 하나도 아닌 두 개씩 겨누며 탈의실로 우릴 몰아넣었다. 무릎 꿇고 머리에 두 손을 얹으라더니 몸에 치장한 장신구들을 빼어 자기에게 달라고 으름장을 놓았다.

　'까짓 거, 살려만 준다면 다 주마.' 목걸이, 귀걸이, 반지, 시계,

팔찌를 벌벌 떨며 빼려니 쉬운 일이 아니었다. 강도 녀석이 꾸물거린다고 머리를 권총으로 툭 치니 '으악! 내 인생 끝장이구나!' 앞이 캄캄했다. 그 녀석은 얼이 빠져 내놓은 패물들을 챙겨 넣고는, 우릴 화장실에 가두었다. 여기저기 뒤지는 소리가 요란하더니 결국 내 지갑까지 털리고 말았다. "아무도 안 계셔요?" 손님이 부르는 소리에 나와 보니 한탕 챙긴 강도는 사라지고 없었다. 7개월 만에 미국에 온 신고식을 톡톡히 치렀다. 그 당시에는 어디서든 흑인만 보면 다리에 힘이 풀리고 도망 다닌 기억이 난다. 그 후 지금까지 나는 몸에 장신구는 거의 안하고 산다.

자매 이상으로 사이좋게 지내며 가게를 운영하던 주인이 사정이 생겨 팔게 되었다. 나도 몇 년간 많은 걸 배웠기에 자신을 얻어 가게를 차렸다. 그런데 겁도 없이 시작한 사업이, 올인하지 못하는 성격 때문인지 결국 망하고 말았다.

망한 것까지는 좋은데 거기서 끝이 아니었다. 12월 초, 종업원을 퇴근시키고 한국에 보낼 크리스마스카드를 준비하고 있었다. 조용히 혼자 있는데 잠긴 문을 누군가 두드렸다. 문을 열고 보니, 예닐곱 살 되는 여자아이와 가족인 듯 덩치 큰 여자 셋이 서 있었다. 가게 문을 닫았다고 하니 일곱 시에 닫는다고 쓰여 있는데 무슨 소리냐며 난리였다. 걸핏하면 소송하는데 길들여져 있는 사람들의 방식에 질려 울며 겨자 먹기로 그들을 들어오게 했다. 성탄절 행사

때 어린애가 입을 옷을 사고 싶다며 이것저것 뒤지고 입어본다. 하얀 드레스를 권했지만 맘에 안 든다고 하고는 나갔다. 그저 빨리 떠나는 게 고마운 터라 안녕히 가라는 인사를 깍듯하게 했다.

돌아 와 책상을 보니 핸드백이 온데 간 데 없어졌다. 덜컹 내려앉는 가슴으로 밖으로 뛰쳐나가보니 흑인 남자가 운전하는 자동차를 여자 넷이 타고 떠나는 것이다. 자동차 번호를 급히 적고 경찰에 신고했다. "다친 데 있냐?" "없다." "흉기나 무기를 갖고 왔냐?" "아니다." 한 시간이나 지나 나타난 경찰은 인상착의와 가져간 물품 명단을 꼼꼼히 적었다. 내가 건네준 자동차 번호는 조회 결과 틀리다며 떠났다. 그 가방 안에는 보관해 달라는 남의 돈 만 불, 우리 아들이 사회를 봤던 방송국 행사를 찍은 카메라. 그리고, 그리고….

한 달이 지나 경찰서에서 오라는 연락이 왔다. 범인을 잡아 잃어버린 물건들을 찾는구나 싶어 잔뜩 기대를 갖고 갔다. 담당 여 형사가 환한 방으로 인도하더니 커다란 사진첩을 내놓았다. 백 오십 명이 훨씬 넘는 흑인 여자만 찍혀 있는 앨범을 펼쳐 보이는데 그 여자가 그 여자 같았다. 사 오십 명의 어린아이 사진 역시 그랬다. 도저히 못 찾겠다고 했더니 다시 차근히 살펴보라고 재촉했다. 않느니 죽지, 경찰서 문을 나오며 이 나라가 앞으로 어찌 되려고 어린 자식을 앞세워 도둑질을 가르치는지, 씁쓸하고 무거운 마음이 가

시킬 않았다. 잘못된 교육이 문제라고 하기엔 부러운 게 없는 학교 시설과 교육 방법 및 여건이란 걸 알고 있기에 말이다.

　내 자녀들을 입학시키고 보니 고등학교까지의 완벽한 의무교육이 대단했다. 이십여 명뿐인 한 반에 보조교사도 있었다. '오픈 하우스'를 한다고 부모를 초청하는 날이었다. 웬 집을 열어주는 행사를 하나? 의아해 하며 약속시간 맞춰 학교에 갔다. 그동안 딸아이가 그린 그림, 숙제한 것, 글 쓴 것, 시험 본 것 등을 보여주며 자세한 설명을 곁들였다. 학교와 부모가 서로 의논하며 더 나은 목표를 지향하는 행사였다. 아이 둘을 키우면서 담임선생님을 만난 것은 그 날이 처음이자 마지막이었다.

　내 생활이 다른 부모처럼 여유가 없다는 핑계지만, 아이들이 각자 알아서 잘해 주었기 때문이기도 했다. 입시 지옥도 없고, 돈 없어 대학을 다니지 못하는 것도 아니고, 세계적으로 우수한 학교들이 즐비하다. 가서 볼 때마다 뜨거운 향학열과 신선함이 가슴에 와 닿는다. 그렇기에 이 나라는 강대국으로서 저력을 키워나갈 수 있는 것이 아닐까 생각해 보기도 한다.

　머리 좋기로 따진다면 대한민국이 최고요, 관리와 시설 면에서는 미국이 만만치 않다. 이런 풍요로운 환경에서 공부는 하지 않은 채 학생답지 않은 치장을 하고 마약과 총기류에 물들어 있는 청소년을 보면 착잡하고 서늘한 심정이 된다. 그 이유가 망가진 가정 때문이라면 더욱 그렇다.

조국을 떠나 이민자의 삶을 살지만 나는 결국 한국사람이다. 그러기에 애국하는 마음은 세월이 지날수록 더욱 진해진다. 죽어 내 뼈를 묻을 제 2의 고향은 재미없는 천국이요, 태어나 살다 온 대한민국은 재미있는 지옥이라는 말을 듣기도 한다, 한국인이라는 긍지를 갖게 해준 작은 대국인 우리나라가 고맙고, 이 땅에 뿌리를 내리고 살도록 모든 여건을 허락해 준 미국 역시 나는 고맙다.

애도의 마음

늦가을도 아니고 초겨울도 아닌 11월은 결핍 속에서 느끼는 충만감이 있는 달이고, 한 해가 다 가기까지 한 달이란 시간이 남아 있다는 안도감마저 있는 달이다.

11월은 추수감사절을 앞둔 달이며, 이 날은 공휴일로 지킨다.

추수감사절에는 칠면조를 비롯하여 색다른 음식을 만들어 푸짐한 명절 식탁을 만들고 흩어졌던 가족, 친지들이 모여 음식상 앞에 둘러앉아 삶을 풍요롭게 해주신 신에게 감사를 드리는 아름다운 풍속의 명절이다.

추수감사절을 앞둔 때가 되면 가슴을 저리게 했던 한 여인이 생각난다. 그 여인은 아랍계 청년과 결혼한 여인이다. 자녀는 없었으

나 남편과 원앙새처럼 금슬 좋은 부부로 열심히 일하며 사는 주부
였다. 나와 그녀는 오랫동안 한 교회를 섬기며 성가대와 꽃꽂이
봉사도 함께하는 교회 일꾼이었다. 그녀가 나보다 연하였지만 우
린 믿음 안에서 자매가 되어 늘 어울렸다. 그녀의 남편 역시 신심이
깊고 충성스런 신자여서 두 부부는 교회 일은 물론 남을 돕는 일에
도 앞장서며 신앙의 모범을 보였다. 밝고 명랑하던 그녀가 어느
날부터 말수가 적어지고 무기력해 보였다. 생에 대한 열정이 줄고
어떤 일에도 흥미를 느끼지 않으며 몸이 아프기 시작했다. 무기력
이 오래 지속되며 우울증을 앓게 된 것이다. 직장도 그만 두게 되었
고 일상생활도 멈추었다. 창백해져 가는 그녀가 안쓰럽고 마음이
아파 교인들은 그녀를 위해 기도는 물론 행복한 마음을 찾아주기
위해 애를 썼으나 그때마다 자신이 소장한 물건을 나누어 주곤 했
다. 죽음의 충동을 느끼는 증세가 깊어가는 것을 눈치 채지 못했던
것이다.

추수감사절 아침, 그녀의 남편은 전도지를 돌리고 온다고 잠시
집을 비웠고, 그녀는 칠면조를 오븐에 굽고 별미들을 만들었다.
집으로 돌아온 남편이 집안을 돌아보다 충격적인 현장을 목격했
다. 아내가 천장에 목을 맨 채 대롱대롱 매달려 있는 것이 아닌가.
그녀는 한창 꽃다운 나이에 스스로 목숨을 버리며 이 세상과 작별
을 했다. 너무나 충격적인 비보에 우리 모두는 애통했다. 아내가

그렇게 곁을 떠난 후, 그녀의 남편은 마치 속세를 떠나듯 성직자가 되어 성지를 향해 중동행 비행기에 오르던 모습이 지금도 눈에 선하다.

그녀는 왜 우울증에 시달렸을까? 행복해 보이던 그녀였지만 동족이 아닌 부부 사이에 마음 터놓고 소통할 수 없던 대화의 어려움이나 외로움이 있었던 것은 아닐까? 그녀의 죽음을 통해 나 자신을 돌아보게 했다.

학자들은 우울증의 원인은 심약하기 때문에, 또 마음에 분노나 경제적인 면, 외로움, 상실의 아픔 등에서 나타나는 정신적인 문제로서 영혼 전체를 갑작스럽게 무너뜨리는 병이라고 한다.

나 역시 상실의 아픔에서 오는 심리로 경증이긴 했으나 한때 우울증을 경험했다. 남편과 사별한 후 혼자 되어 남매를 의지하고 살다가 아들이 일을 위해 한국으로 떠난 후 세상이 암울해졌다.

모녀만 남은 우리는 집과 살림을 줄이고 정리하여 아파트로 옮겼다. 현실에 적응하기 힘들어 외부와의 접촉이 싫었고, 의욕을 잃고 먹을 수도 잠을 잘 수도 없었다.

혼자 있는 시간이 길어지며 '왜 이러고 살아야 하나'라는 혼란스런 의문이 들면서 생각의 끝은 죽음으로 이어졌다. 슬픔의 흐름이 막혀 고통 받고 있는 엄마에게 물꼬를 터주며 새로운 출발을 할 수 있도록 용기를 주고 상담자의 역할을 해주었던 딸아이의 지극한 사랑이었다. 딸의 도움으로 나는 살아있음에 감사한다.

이 시대는 우울증으로 인한 자살이 악성 독감처럼 사회적인 병리현상으로 퍼지고 있다. 우울증을 겪어보지 못한 사람들에게는 상상할 수 없는 고통이다. 우울증 환자가 있다는 것은 가족의 수치가 아니다. 온 가족이 적극적으로 돕는 인내의 사랑이 있을 때 자살의 유혹에서 탈출할 수 있게 된다.

해마다 11월, 추수감사절이 돌아올 즈음이면 그녀의 이야기는 마음에 아픔으로 되살아나 애도의 마음을 멈출 수 없게 한다.

헤어짐에 대하여

　여행길에 아끼던 지갑을 분실했다. 어딘가에 있을 것 같아 뒤지고 뒤졌으나 끝내 찾지 못했다. 눈앞에 어른거리는 지갑은 지울 수 없는 아쉬움으로 떠오른다.

　강산이 변한다는 세월을 가족이 되어 함께 살던 애견이 죽었을 때, 상실감에 빠져 마음은 여전히 떠난 애견을 향하고 있었던 때와 같은 심정이다. 다른 사람들이 보기에는 하찮은 것들일지라도 나와 밀착되어 하나가 된 채 오늘까지 왔기에 나에게는 금쪽같이 귀한 것들이다. 수일이 지나서야 잃어버린 지갑 찾기를 단념하고 나니 가슴앓이에서 벗어날 수 있었다.

　우리는 끊임없이 떠나보내는 경험을 하며 산다. 어제와 헤어지고, 오늘과도 헤어진다. 오래 전 이민을 극구 만류하시던 어머님의 말씀을 외면하고 미국행 비행기에 올랐으니 어머님께는 살점이 떨어져 나가듯 이별의 쓰리고 아픈 쇠못을 가슴 한복판에 박아드린 불효를 했다.

아침마다 펼쳐드는 신문에는 부고의 안내문이 빠짐없이 실린다. 죽음은 모든 사람과 헤어져 이승이란 배에서 하차하는 일이다. 떠나보내는 이별 중에 가장 슬픈 것은 죽음이다. 사람에게 주어진 고통 중에서 가정 절실하고 가슴 아픈 일은 사랑하는 소중한 사람을 잃었을 때이다. 그 비통함, 참담함의 충격은 이루 형용할 길 없어 눈물로 얼룩진다. 우리는 평소 죽음과 삶을 동시에 지니고 살고 있다. 죽음은 누구도 피해 갈 수 없는 일이건만, 우리는 나의 일이 아니라 여기며 살고 있다. 그러나 인간은 지상의 나그네가 아닌가. 미운 사람도 고운 사람도 때가 되면 머나먼 곳으로 떠나 영원히 다시 볼 수 없게 된다.

언젠가 텔레비전에서 보았는데, 늙은 사자가 더 이상 젊은 사자들을 따라다닐 힘이 없어지자 무리의 반대방향으로 터벅터벅 걸어가 도착한 곳은 사자 해골이 널려 있는 곳이었다. 죽음을 예감하고 생을 아름답게 마무리하려는 고귀함이 많은 것을 상기시켰다.

사람이든 물건이든 만남의 끝에는 어쩔 수 없는 헤어짐이 존재하는데, 떠나는 것에 끈질기게 매달리는 것은 어리석은 일이다.

헤어짐도 세월이 흐르는 사이 체념이란 명약으로 치유된다. 슬프고도 아름다운 이별, 나무가 나이테를 안으로 새겨놓듯 슬픔을 가슴속에 접어놓고 웃으며 헤어지는 멋도 인생길에 필요한 법이다.

오월의 신부

지금 그 사랑, 그 행복을 소중히 가꾸어라.
소중히 가꿔가는 마음에 의해서
가정은 뿌리를 내리며 커 가는 것이다.
커온 환경이 다르고 개성이 다른 남녀가 만나 함께 살아가노라면
예상치 못한 일들도 생기고, 많은 걸림돌도 있겠지.
그것을 어떻게 넘어서야 하며
어떻게 이겨내야 하는지를 위해 기도하며,
서로 덮는 지붕이 되어 살아가기를 바란다.

저에겐 친구가 하나 있어요

한 평생을 살다 죽을 때 존경하는 스승과 진정한 친구와 몇 권의 책이 있다면 성공한 삶이라고 한다. 나는 내 인생이 성공인지 실패인지 이 말을 생각하며 따져 본다. 남들보다 시련과 우여곡절이 많은 삶을 살아오긴 했지만, 존경하는 스승이 있고, 좋아하는 몇 권의 책이 있고, 진정한 친구를 가졌으니 큰 성공을 거둔 인생은 아니라 해도 실패한 인생은 아니라는 자부심이 들기도 한다.

마음 맞는 친구를 만나 아낌없이 사랑을 주고 받기도 했고, 지금도 변함없는 그 사랑이 강물처럼 우리 사이로 흐르고 있다. 내 친한 친구의 이름은 이미자다. 동백아가씨를 부른 가수 이미자(李美子)와 한자 이름까지 같고, 노래를 잘하는 것도 같다. 그러나 내 친구

이미자는 성악을 전공한 재원으로 대학에서 조교를 한 경력을 갖고 있다.

80년대 초, 집안 친척 한 분이 서울 강동구에서 교회를 개척하셨다. 개척교회여서 신도수가 그다지 많지 않았다. 거리는 멀었지만 목사님께 힘이 되어 드리고 싶어 그곳으로 원정 출석을 했다. 대체로 성가대의 지휘자는 남자인데 여자가 지휘를 하고 있어 색다르고 신선했다. 차츰 교회 분위기에 익숙해질 때 지휘자인 그 여 집사에게 친근감과 함께 약간의 호기심이 생겼다.

그러던 어느 날, 그 여 집사 부부가 우리 내외를 초대했다. 선뜻 응하기 좀 어색했지만 저녁예배 시간까지는 시간의 여유가 있어 그 댁을 찾아가 벨을 눌렀다. 집안으로 들어서니 놀랍게도 집사의 남편이 거실에서 천연스럽게 이불 호청을 꿰매고 있지 않은가. 그것뿐이 아니었다. 세탁기를 돌리고, 설거지를 하고, 우리를 대접하는 음료수, 과일까지 남편이 서비스하는 것이 아닌가. 반면 그녀는 손님처럼 다리를 꼬고 소파에 앉아 우리와 화제의 꽃을 피웠고, 남편이 가사 일을 전담해 준다는 자랑까지 빼지 않고 했다.

역할이 바뀐 이 가정의 분위기는 부인이 마치 〈개미와 베짱이〉 우화에 나오는 베짱이처럼 느껴졌다. 그녀는 음악을 하는 재주 외에는 한 가정의 아내의 역할에선 빵점인 것 같았다.

욕하면서 정 든다는 말이 있는데, 바로 우리 사이가 그랬다. 우리 가족은 그들이 지닌 뭔가의 매력에 자석처럼 빨려 들어갔다.
매주 예배 후에는 으레 그 집으로 발걸음을 옮겼고, 그리하여 늘
함께하는 작은 모임이 이루어지게 되었다. 나중엔 아예 그 집 가까
운 동네로 이사까지 하면서 서로 믿고 의지하는 인생의 동반자로
발전해 갔다. 그녀가 바로 내 친구 미자이다.

낙엽이 진 어느 늦가을, 미자의 친정아버지께서 간암으로 돌아
가셨다. 그 다음 해, 내 친정아버님도 신장 파열로 입원하신 지
이틀 만에 돌아가셨다. 미자의 아버님이 세상을 떠난 날과 같은
날에 운명을 하셨기에 미자와 나의 아버지 기일이 한 날이다. 그런
가 하면, 미자의 친정어머니와 우리 친정어머니도 경쟁이나 하듯
비슷한 시기에 이승의 삶을 마감하셨다. 미자도 나도 큰딸이다.
아래로 남녀 동생이 똑 같은 나이로 똑같이 다섯씩이다. 육 남매의
막내가 바로 위의 누나와 열 살이라는 나이 차이가 있는 것까지도
같다. 우연의 일치라고 쉽게 넘길 수 없는 어떤 운명적인 인연이
우리 사이에 있는 것이 아닌가 싶다. 미자네 식구와 우리집 식구들
은 한 가족처럼 어울리며 뜨거운 심정적 교류를 쌓아 갔다.

잉꼬 부부였던 미자네 집안에 경제적 위기와 함께 여러 가지 일
로 가정불화가 잦아질 무렵, 나는 아이들을 데리고 한국을 떠나
미국으로 이민을 왔다. 향수에 젖어 우울해 하던 어느 날 미자가
보낸 소포를 받았다. 소포 안에는 미자의 편지와 녹음테이프가 들

어 있었다. 편지에는 끝내 이혼을 했으며, 남편이 데려간 아들이 무척 보고 싶다는 사연이 담겨 있었다. 그리고 미자가 눈물로 부른 찬송가가 담겨 있었다. 기막힌 소식이었다. 가정파탄에 이어 자식과도 떨어져 슬픔에 잠긴 채 아픈 세월을 보내고 있을 친구를 도와야 한다는 일종의 보호본능이 나를 자극했다. 백방으로 수소문한 끝에 친구의 남편과 어렵게 연락이 되었다. 내가 할 수 있는 모든 말을 총동원하며 강력히 재결합을 권했다. 그 후 삼 년이란 세월이 지나 재결합의 기쁜 소식을 들었다.

그 시절 기러기 가족으로 지내던 우리 식구들은 남편이 직장에 사표를 내고 미국으로 이주해 옴으로써 다시 함께 살게 되었다. 그러나 미국에 온 지 두 달 만에 남편은 임파선암이라는 진단을 받고 의료보험 혜택이 있는 서울로 되돌아갈 수밖에 없었다. 다시 이산가족이 된 나는 남편을 위해 아무것도 할 수 없는 한심한 아내였다. 이런 나를 위해 친구는 남편의 병 간호는 물론 최후의 임종까지 지켜 주었다.

친구가 베풀어준 사랑은 우정을 넘어선 동기간의 사랑과 다름없는 것이었다. 사는 게 무엇인지 받은 사랑에 보답도 못한 채 늘 빚진 자의 마음을 안고 산 세월이 십여 년, 그 세월 따라 나는 재혼을 했다. 그런데 어느 날 한국에 출장 중이던 남편과 미자네 부부가 함께 만난 것이다. 서울에서 돌아온 남편은 정이 많고 따뜻한 분들과 뜻 깊은 시간을 즐겁게 보냈노라고 했다.

봄이 멀지 않은 2월 어느 날이었다. 회사 거래처에서 손님들이 오는데 공항 마중을 나가야 한다는 남편의 말이 달갑지 않았지만 따라 나섰다. 입국장 의자에 앉아 오는 손님들에게 어딜 구경 시켜 드려야 하나 궁리를 하면서 시선을 돌리는 순간, 나는 전기에 감전된 듯 그 자리에서 꼼짝할 수가 없었다.

저만치서 미자네 부부가 나를 향해 걸어오고 있는 게 아닌가! 꿈같은 생시였다. 기쁨의 눈물을 흘리며 우린 뜨거운 포옹을 했다. "바빠서 올 형편이 아닌데 네 남편이 비행기 표를 두 장 사놓고 가서 만사 제쳐놓고 왔다."는 친구의 설명이 이어졌다.

열흘 동안 우린 행복한 시간을 보냈다. 마음과 마음이 통하는 진실한 친구와 함께한 생활은 새로운 힘을 용솟음치게 만들었다. 남편의 속 깊은 배려로 늘 가슴을 무겁게 누르던 돌덩이가 사라졌다. 재회를 약속하고 떠나던 날, 우리는 작별인사를 나누며 헤어지기 아쉬워 울고 또 울었다.

'잊지 못할 이 세상을 놓고 떠나려 할 때/ 저 하나 있으니 하며/ 빙긋이 눈을 감을/ 그 사람을 그대는 가졌는가' 공항을 빠져 돌아오는 길에 이 시 구절이 떠올랐다. 이제 내 삶도 중턱을 훌쩍 넘어섰다. 언젠가 인생을 내려놓고 먼 길을 떠날 때 "저에겐 친구가 하나 있어요. 그 사람은 이미자예요."라고 말할 수 있어 나는 행복하다.

사막의 경이를 찾아

가족 여행을 가거나 멀리서 손님이 찾아오면 빼놓지 않고 구경을 시켜주는 곳이 라스베가스이다. 그곳은 원래 멕시코 땅이었고, 스페인어로 광야라는 뜻이 담겨 있다.

네바다 주의 사막 한가운데 세워진 이 도시는 객실 수 5천 개가 넘는 세계 최대의 호텔들이 있고, 도박과 쇼, 환락의 관광지이다. 형형색색의 전구로 전신갑주를 입고 밤의 잔치를 시작하는 세상에서 야경이 가장 아름다운 곳 중 하나이다. 1930년대 황폐뿐인 사막에 세운 후버댐은 라스베가스에 물과 전기를 공급해 주니 젖줄을 대는 어머니와 같다.

지난밤 네온사인이 화려한 거리를 오랫동안 구경하며 즐겼기에 아침 늦게야 기상했다. 밤의 현란함에 비하면 죽음처럼 조용한 아침이다. 호텔 역시 한적함은 마찬가지였다. 우리 일행은 뷔페식당에서 아침 겸 점심식사를 했는데 저렴한 음식가격에 놀랐다. 식사를 마친 후, 자동차로 15번 길 동북쪽 50마일에 위치한 고도 2000~2600피트의 야트막한 불의 계곡으로 향했다.

지난번 이곳에 왔을 때는 바람이 강하게 불었다. 오늘은 잠잠한 날씨였으면 좋겠다는 기대를 갖고 모아파 인디언 보호구역을 지나 입구에 도착하니 한 시간이 채 안 걸렸다.

공원 중심에 위치한 안내소에 들러 인디언들의 풍습과 유물을 둘러보고 지형과 지질의 변화도 배우며 마음에 드는 기념품을 샀다. 10불의 입장료를 지불하고 나와 길섶의 바위를 보니 구멍이 몇 개씩 숭숭 뚫려 있다. 한두 사람 정도 들어가기 좋은 크기여서 여기저기 들어가 기념사진을 찍었다.

불의 계곡은 네바다 주에서 가장 오래된 주립공원으로 34,880에이커이며, 1935년에 구획이 정해졌다. 붉은 사암은 공룡시대 때부터 있었던 모래언덕이 변화되어 바위로 변한 것이다. 1억5천만 년 전엔 바다였을 것이고, 지진과 화산 폭발 같은 자연 현상으로 인해 온통 햇빛이 반사되어 마치 불에 타는 것처럼 보여 불의 계곡이라고 불리운다. 예전에는 푸에블로 인디언과 모아파 밸리에서 온 농부들이 BC. 300~AD. 1150년까지 살았다고 한다. 근처에 물이 없음에도 불구하고 사냥과 종교의식에 따라 지냈음을 벽화를 보고 추정해 볼 수 있다.

　오랜 풍상을 겪는 동안 기기묘묘한 적색 바위들은 코끼리와 거북이 모양, 아치 스타일과 일곱 자매 바위 등등, 저마다 특색으로 장고의 세월을 버티고 있는 모습이 멋지고 장엄하다. 안내소 뒤쪽으로 가노라면 '모세의 탱크'라는 언덕이 나오는데, 성경에 나오는 출애굽 당시의 황량한 광야를 상징한 듯하다.

　서쪽엔 인디언들이 새겨놓은 조각과 상형문자를 관람하라고 친절하게 철골로 긴 사다리를 만들어 놓아 끝까지 올라가게 되어 있다. 해와 달, 사냥하는 모습 등 원시인들의 삶 그대로의 모습을 보여준다. 그토록 척박한 땅에서 오랜 세월을 살 수 있었던 것은 조상의 땅이라는 신념과 의지 때문이었을 것이다. 힘든 생을 보낸 인디언들을 생각하니 연민과 함께 춥고 더움도 인내하지 못하는 내 자신을 돌아보며 숙연해졌다. 겨울엔 섭씨 0~24도, 여름엔 38~49도의 전형적인 사막기후로 일교차가 심하고, 거센 바람과 소나기가 쏟아지면 천둥과 번개까지 쳐대니 얼마나 무섭겠는가. 연간 강우량이 4인치 정도라니 목이 마른 생존의 현장이다.

　라스베가스를 찾는 여행자들은 게임과 쇼 관람, 온갖 명품들이 진열된 쇼핑에 마음을 빼앗겨 근거리에 있는 불의 계곡을 알지도 못하고, 찾는 발길도 뜸하다. 주립공원이지만 인파가 적어 매우

한적하고 적막하다. 광대한 미국에서도 쉽게 발견할 수 없는 이곳은 일 년 내내 방문객을 기다린다. 봄이나 가을에 오면 감격과 환희로 원수도 사랑하고 싶은 뜨거운 마음이 드는 곳이다.

요즈음은 이곳에서 영화나 자동차 광고 같은 커머셜 사진을 찍는다. 〈스타 트랙〉이라는 영화에서 캡틴 커크가 죽는 장면과 〈트랜스 포머〉의 오토볼이 군용차로 질주하는 장면을 찍었는데, 그 촬영현장을 직접 보니 반갑기 그지없다.

1956년 6월 30일에 관광도로가 지정된 동서 10.5마일을 가로질러 공원 동쪽으로 나가 169번 도로를 따라가면 콜로라도 강줄기와 만난다. 로키 산맥에서 형성된 수많은 물줄기들이 모여서 흘러내리는 콜로라도 강은 콜로라도, 유타, 애리조나, 네바다, 캘리포니아 주를 거쳐 멕시코의 바하 캘리포니아로 흘러가 태평양으로 합쳐진다.

이 길을 지나노라면 붉은 바위에 매료되어 열기 오른 마음을 시원한 강 바람에 식히는 것 같아 기분이 좋아진다. 길게 흐르는 물줄기를 막아 미드 호수를 만들었고, 연간 40억 와트를 생산하는 후버 댐을 완공했다. 수영을 하고 수상 스키나 보트를 타고 농어 낚시를 하는 사람들을 곳곳에서 볼 수 있다. 강 주변 계곡에는 천혜의 노천 온천들이 두세 군데 있다. 지하에서 뜨거운 미네랄 온천수가 바위 사이로 흘러나온다. 노천 온천에서만은 나체를 허용하는 미국법이다. 적나라한 모습으로 온천을 즐기는 사람들을 대놓고 바라보기가 민망해 손으로 눈을 가리지만 호기심은 어쩔 도리가 없다.

모래땅, 작열하는 태양 아래 그늘조차 찾을 수 없는 사막을 인위적인 지혜와 기술, 자본을 총동원하여 오아시스를 만들었다 해도 신이 만든 자연의 예술품과 어찌 감히 비교하겠는가. 그분은 위대하고 신선한 작품들을 만드셨고 그 자연의 작품들을 통해 삶의 겸허함과 감동, 침묵의 가르침을 주신다.

해질 무렵, 귀경길에 오른 우리는 159번 도로 서쪽에 위치한 레드 락 캐넌에 들렀다. 그곳에는 조각같이 깎아낸 3,000피트 높이의 붉은 바위들이 모여 있는데, 일출이나 일몰시에 13마일 거리의 절경을 보게 되면 저절로 감탄과 탄성이 나오며 두 손이 모아진다. 백 번 듣는 것보다 한 번 보는 것이 낫다는 말을 실감하게 되기 때문이다.

남쪽으로 가면 '스프링 마운틴 랜치'라는 1864년에 지은 고택이 나온다. 400년 이상 된 나무들과 호수를 내려보고 있는 산등성이가 그 옛날의 전성기를 넉넉히 보여준다. 독일의 영화배우로부터 하워드 휴즈까지 주인이 여섯 번 바뀐 흥망성쇠의 여운이 길게 남아 있다.

자연과의 만남은 정신을 윤택케 하는 비타민이다. 여행이란 새로운 견문과 사유의 영역을 넓히는 좋은 공부가 아닌가 싶다.

거라지 세일(Garage Sale)

미국인들은 쓰지 않은 물건들을 버리지 않고 차고나 창고에 쌓아두었다가 주말을 이용해 창고를 열고 물건을 파는데 이것을 거라지 세일이라고 부른다. 또 정원에 내다놓고 파는 것은 야드 세일, 물건을 정리해서 꼭 필요한 것만 챙겨서 이사하면서 하는 세일은 말 그대로 무빙 세일이다. 그들은 아무리 사소한 것이라도 누군가에게는 필요할 수 있다는 사회 심리에서 잘 보관해 두었다가 싼값에 판다.

미국생활을 하면서 특별한 일이 없을 땐 이런 세일에 다니는 것을 즐겨한다. 미국인들은 평소에 입던 옷은 물론 신던 신발이나 낡은 장난감, 쓰던 타올, 침대 커버, 향초까지 쓰레기로 처분하지 않고 세일로 내놓는다. 나는 종종 이런 세일에 내놓는 물건들을 돌아보며 그들의 생활 자취에서 인생수업을 한다. 이 빠진 접시도 상품으로 내놓고 있지만 때론 상표가 그대로 붙어 있는 새 상품이나 전자 제품도 있어 싼값으로 구매할 수 있는 재미가 있다.

나는 사람들의 살아가는 모습에 흥미도 가고, 특히 그들의 삶의 자취와 애정 어린 물건들을 구경하는 것이 좋아 다양한 세일 현장을 찾아다닌다. 그러나 구경은 많이 다녀도 사는 일은 별로 없다. 싸다고 해서 필요치 않은 물건을 충동구매하는 성격은 아니기 때문이다.

가끔 보도를 통해 공개되는 행운을 잡는 사람들의 이야기를 듣기도 한다. 어떤 이는 이런 세일에서 우연히 헐값으로 산 가구 서랍에서 나온 고금화로 거금을 거머쥐는 경우도 있다. 또 어떤 아저씨는 그림 수집이 취미여서 여기저기 거라지 세일을 다니며 헐값에 그림들을 사다 놓고 계절 따라 바꾸어 걸어놓고 즐기곤 했는데, 어느 날 차고를 정리하다가 르느와르의 사인을 든 그림을 발견하고 감정을 의뢰했는데 진품으로 밝혀져 대박이 났다는 기사도 보았다. 거라지 세일에 얽힌 이야기를 하자면 참으로 많아 다 소개할 수 없으나 이런 이야기들은 우리의 귀를 솔깃하게 한다.

얼마 전 나는 짐짝처럼 쌓인 물건들을 정리하며 불필요한 물건들을 골라 거라지 세일을 펼쳤다. 많은 사람들이 일찍부터 몰려와

내가 부르는 저렴한 가격에 만족하며 필요한 물건들을 사서 좋았
고, 나는 불필요한 물건들을 정리하였으니 좋았다. 마치 누이 좋고
매부 좋은 식이었다. 거라지 세일은 재활용하는 생활의 지혜와 근
검절약을 배울 수 있어서 좋다.

 필요한 것을 얻기 위해 보물찾기를 하듯 아침 일찍부터 여기저
기를 찾아다니는 그 노력과 정성을 우리 삶에도 기울인다면 행복
이란 보물을 찾을 수 있지 않을까.

오월의 신부

눈부신 햇살 아래 연초록의 신록이 빛과 향기를 내뿜고 있는 화창한 날, 내 딸 혜원이가 흰 면사포 자락을 날리며 예식장으로 들어서는 5월의 신부가 되어 사랑하는 이와 일생을 함께하겠노라고 주례와 하객들 앞에서 약속했다. 그 엄숙한 시간에 엄마는 인생의 새 출발하는 신랑, 신부에게 가없는 축복을 보내며 한 마음이 되어 이 험난한 세상, 서로를 사랑하며 살아가게 해달라고 소리 없는 기도를 드렸다.

사랑하는 딸 혜원아, 늘 철부지로만 여겼는데 어느새 한 남자의 아내가 되어 내 곁을 떠나니 새삼 빠른 세월을 실감하게 되는구나. 우리 모녀가 함께 살아온 시간들이 주마등처럼 스치며 감사와 기뺨의 눈물이 흘러 옷고름을 적시는구나. 예쁘게 잘 자라준 네가 고맙고 대견하고 자랑스러워 묵묵히 지켜보며 흐뭇하였다.

사랑하는 딸 혜원아, 너는 이제 부모의 곁을 떠나 출가외인이 된다. 너는 영리하고, 가슴이 따뜻하고, 판단력이 빠른 딸이라 매사를 잘 알아서 하겠으나 그래도 걱정 많은 엄마는 너에게 부탁하고 싶은 말들이 많구나.

가정을 꾸리는 건 남편과 아내가 만나 제2의 인생을 펼쳐가는 내 집을 만드는 일이다. 편안하고 심신의 안식처가 되는 집, 그런 집을 만드는 일이다.

지금 그 사랑, 그 행복을 소중히 가꾸어라. 소중히 가꿔가는 마음에 의해서 가정은 뿌리를 내리며 커 가는 것이다. 커온 환경이 다르고 개성이 다른 남녀가 만나 함께 살아가노라면 예상치 못한 일들도 생기고, 많은 걸림돌도 있겠지. 그것을 어떻게 넘어서야 하며 어떻게 이겨내야 하는지를 위해 기도하며, 서로 덮는 지붕이 되어 살아가기를 바란다.

30대는 인생에서 가장 활기찬 장년기이다. 자존감을 가지고 네 남편 잘 내조하며, 네 스스로의 발전에도 게으르지 말고 뜻하는 일을 추진하기 위하여 전력을 다하기를 바란다. 사소한 일상이 참으로 소중한 일이며 뜻있는 일임을 마음에 새기며 소홀함이 없기를 바란다.

주변을 살펴 어려운 이에게 베풀 줄 아는 친구가 되고, 상처받는 이를 위로할 줄 아는 신앙의 향기가 나는 부부가 되기를 힘쓰거라. 겸손으로 주님이 세우는 부부가 되도록 기도하기 바란다.

아름답고 행복한 삶이란 마음의 평안을 얻는 삶이다. 금고 속에 많은 돈을 쌓아 놓고도 마음이 불편해 영혼의 화평을 못 얻고 있다면 그것은 좋은 삶이 아니다.

항상 부부간에 건강 잘 챙기고, 서로의 배려와 헌신, 신뢰가 바탕이 되는 사랑으로 밝게 살아가며, 너희가 있는 곳에 웃음과 행복이 충만하기를 부탁한다.

사랑하는 딸 혜원아! 결혼을 축하하며 이제 엄마는 매일 기도 속에서 너희들을 반갑게 만날 것이다. 사랑한다.

로스앤젤레스 국제공항

이 달 들어 다섯 번이나 로스앤젤레스 공항에 다녀왔다. 지난 달에는 여덟 번으로 끝이 났는데, 이번 달에는 몇 번이나 더 가야 할지 모를 일이다. 공항택시 기사라면 요금이라도 받겠지만, 주차 요금부터 주차 위반 티켓, 접촉사고 해결까지 모두가 내 몫이다.

서울에서 외삼촌이 공항에 도착하여 이미 도로변에 나와 계시다는 전화를 받고 서둘러 갔으나 보이지 않았다. 잠깐 차를 세워 놓고 나와 두리번거리는 사이 단속하는 아저씨가 번개같이 나타나 자동차 뒤 번호를 적고 있었다. 차 옆에 있었으니 괜찮은 거 아니냐고 사정하다가 화를 내면서 따져도 묵묵부답이다. 그는 내 차 앞자리 창에 티켓을 꽂아놓고 위법이라는 말 한 마디를 던지고는 뒤도 한 번 돌아보지 않고 사라졌다. 다행히 벌금 중에서 제일 싼 35불짜리이긴 했지만 기분이 떨떠름했다. 조금 지나 나타난 외삼촌을 만났으나 크게 기쁘지 않았다.

사람 마음이 이렇듯 순식간에 변한다는 것에 스스로 놀라지만, 찜찜한 기분은 어쩔 수 없다. 이렇듯 마중 가는 일도 쉬운 일이 아니다.

9·11테러 사건 이후 까다로운 화물 검사로 인해 두세 시간 일찍 나가 준비를 해야 한다. 수속을 끝내고 남은 시간에는 3층 라운지에 올라가 간단한 음료나 식사를 하며 못다한 이야기를 한다. 그동안의 즐겁고 재미있었던 일, 환상적인 이곳의 날씨에 대한 이야기를 듣거나 신세 많이 지고 간다는 인사를 받고, 다시 또 오라는 당부를 하고는 출국 게이트 쪽으로 간다.

배웅을 하고 공항을 빠져 나오면 왠지 모를 쓸쓸함이 나를 휩싼다. 표현조차 안 되는 이상한 외로움이 밀려든다. 잘해 준 것보다 못해 준 것만이 생각나 마음이 걸린다. 아쉽고 허전한 마음을 다독이며 집으로 돌아오면 썰렁하고 텅 비어있는 집안 분위기에 또 한동안 머뭇거리게 된다. 며칠은 지나야 먹먹했던 감정이 풀어지기 시작한다.

손님이 우리 집에 오게 되면 청소부터 정리까지 마음이 부산해진다. 일에 열심을 다하다 보면 시간은 왜 그리 빨리 가는지! 마중

갈 시간이 다가와 얼른 105번 서쪽 고속도로를 타고 달린다. 한참 늦어 걱정하며 공항에 들어서서 차선을 바꾸다 달려오는 옆차와 부딪친 적도 있다. 다행히 인명 피해는 없었지만 사고를 수습하고 숨가쁘게 가보니 오랜 시간 기다리고 있는 나의 둘도 없는 친구! 우린 서로 멋쩍어하며 미안해할 수밖에 없었다. 다음엔 이런 일이 없도록 뭉그적거리지 말고 미리 준비하자는 다짐을 하기도 하고 후회하기도 한다.

로스앤젤레스에서의 삶은 한국서 오는 가족과 친지 또는 손님들로 바빠질 때가 많다. 나같이 직장에도 안 다니고 뚜렷한 명함도 없는 사람은 더욱 그렇다. 누가 처음 마중을 갔느냐에 따라 여기 온 사람의 직업이 정해진다는 말이 있다. 20년 넘게 살아 보니 그 말에 일리가 있는 듯하다. 아무래도 낯설고 물 설은 곳에 오니 의지할 사람과 가까워지고 같이하는 날이 많아지니 그럴 수밖에 없을 것이다.

전공을 살려 성공한 사람은 그리 많지 않을 성싶다. 나처럼 직장 생활을 하지 않아 출퇴근이 없는 사람은 더욱 그렇지만, 주위에 누가 온다면 마땅히 마중을 나가고 배웅하는 일은 내 몫이다. 그 뿐이랴, 우리 가족들은 출입국이 잦은 편이고, 모셔가고 모셔오는 건 당연히 내가 해야 할 일이다. 덕분에 나는 1번에서 7번까지의 터미널의 위치와 항공편을 줄줄이 외울 정도가 되었다. 그러니 더욱 마음 놓고 맡겨 주는지 모르겠다. 수많은 사람을 만나고 보낸 공항이지만 늘 갈 때마다 나의 눈길이 머무는 곳, 한(恨)이 사무친 곳이 있다.

최초의 흑인 시장으로 20년 재임 중 로스앤젤레스 시를 위해 헌신적으로 노력하여 큰 발전을 가져 온 탐 브래들리(Tom Bradley, 1917~1998) 시장을 기념하여 그의 이름이 붙여진 국제선 청사. 이층 출국장에 서면 아이들 아빠 얼굴이 가슴에 선하다. 임파선암 선고를 받고 꼭 살아오겠다는 말과 함께 웃으며 손 흔들고 떠나던 키가 크고 훤칠한 남자. 아직까지 그 모습은 만날 수가 없다. 그날 돌아서며 다시 못 볼 것 같은 불안감에 서러워서 하염없이 울며 걸어 나왔던 곳….

그곳을 나는 19년이 지나도록 가고 다시 간다. 그 웃음 속에 감춰졌던 슬픔과 회한을 시간이 한참 지나서야 느꼈던 것 같다. 차마 같이 붙들고 울지 못했던 그 속내도 이제야 이해할 것 같다. 나보다 더 괴로움을 감추고 있던 그의 마음을, 가슴이 미어지는 커다란 아픔을 이제 알 것도 같다. 세월이 약이라서 지나면 잊혀지련만, 아직도 생생하게 남아 어제 일처럼 새롭게 나를 슬픔에 젖게 한다.

지구의 자전 때문에 맞바람으로 로스앤젤레스에서 인천으로 갈 때 걸리는 비행시간은 13시간 30분이지만, 인천서 로스앤젤레스로 올 때 걸리는 시간은 11시간도 안 된다. 예정시간보다 20분 정도 일찍 도착하는 경우도 적지 않다.

친정어머니가 모처럼 우리 집에 오신다고 하여 설레는 마음으로 공항으로 나갔다. 짐 찾고 통관 수속할 시간을 미리 계산한 다음 시간에 맞춰 갔다.

우리 엄마는 일찍 혼자된 맏딸이 너무 가슴 아프고 측은해 언제나 걱정이셨다. 바리바리 싸온 커다란 가방 두 개를 등에 기대고 입국장 밖 콘크리트 바닥에 쪼그리고 앉아 계셨다. 일찌감치 나와 말도 글도 안 통하고 아는 사람조차 없으니 초조하고 불안하여 두리번거릴 뿐이었다. 얼른 날 알아보시곤 마음이 놓여 어쩔 줄 몰라 하시던 어린아이 같던 모습. 둘이 꼭 껴안고 한참 서서 눈물 글썽이던 그 자리, 그곳은 탐 브래들리 국제선 터미널 1층 입국장 밖이었다. 당뇨 합병증으로 1년 뒤 운명하시면서도 이 딸이 마음에 걸려 눈도 못 감고 내 이름만 부르시던 나의 어머니. 이제 하늘나라에 계신 어머니가 보고 싶으면 나는 바로 그 장소에 가서 '엄마, 나 또 왔어요' 하고 중얼거린다. 어머니의 흔적이 거기 그대로 남아 있기 때문이다. 불효자식은 부모님이 돌아가신 뒤에 후회한다는 말이 새삼스럽다.

1946년에 문을 연 로스앤젤레스 국제공항은 로스앤젤레스 한인타운에서 남서쪽으로 15마일(24km)가량 떨어져 있고, 태평양 가까이에 있다. 지금은 9개의 터미널에 88개 항공사의 비행기가 뜨고

내리는 이 공항은 미국에서 네 번째로 혼잡한 곳이다. 많은 예산을 들여 대대적인 증개축 공사를 시작했으니 앞으로 더욱 안전하고 편안하며 아름답고 쾌적한 일등 공항이 될 것이다. 내가 자주 가는 곳이니 남다른 애착과 관심이 있을 수밖에 없어서인지 변한 모습의 공항이 제법 기대된다.

'세상에는 어디를 가든 기쁨을 찾아내고, 떠날 때는 남겨진 이들을 위해 그 기쁨을 남겨 두고 갈 줄 아는 사람들이 있다.'는 프레데릭 페이버의 말에 어울리는 로스앤젤레스 국제공항이 되었으면 하는 희망도 함께 가져본다.

'우리 인생은 끝없는 여행이다.' 저 멀리 하늘 속으로 총총 날아오르는 비행기를 바라보면서 혼잣말을 해본다. 울기도 많이 울고 웃기도 꽤나 웃은 로스앤젤레스 국제공항은 내 인생의 한 장이 아닌가 싶다. 누구나 삶이 평탄하고 순조롭길 원하지만 마음같이 되지 않아 안타까울 때가 많지 않은가.

하루에도 수많은 사람들의 만남과 헤어짐이 있는 곳, 반갑고 서운함이 공존하는 곳. 로스앤젤레스 국제공항을 통해 우리들이 알 수 없는 많은 이야기와 기쁘고 슬픈 사연들이 쌓이고 쌓여 저 하늘까지 모아지리라.

올빼미 야행성 인간

오전 10시가 넘어서야 눈을 뜨는 나는 아침형 인간이 아닌 야행성 인간이다. 해가 지면 올빼미처럼 정신이 초롱초롱해지다가 새벽녘에야 잠자리에 든다. 밤낮이 바뀐 생활이다. 낮에는 활동하고 밤이면 휴식하라는 조물주의 질서에 순종하지 못하고 사는 불순종의 사람인 것이다.

학창시절에 개근상을 타기는 쉬웠지만 지각하지 않는 것은 하늘의 별을 따는 것만큼 불가능한 일이었다. 오죽하면 담임선생님도 내 빈자리를 보면 아예 출석조차 부르지 않으셨다. 내 몸의 시계는 오래 전부터 야행성으로 바뀌어져 있지 않았나 싶다.

결혼 후에도 늦잠 자는 버릇은 여전했다. 남편과 아이들이 출근

하고 등교하는 것을 거의 본 적이 없으니 자격미달의 아내요, 엄마가 아닌가. 어쩌다 일찍 일어나는 날이면 정신이 개운치 않고 기운이 떨어지며, 온종일 하품을 한다. 부모는 자식의 거울이라는데, 내가 보여준 거울 탓인지 우리 집 아이들 역시 나를 닮아 야행성이다. 학자들은 오래 자는 사람들은 비관적인 성격이 많고, 현재 생활의 만족도가 떨어지고 신경이 예민하여 감성적인 면이 강한 사람들이라고 하는 분석을 본 적이 있는데, 공감이 컸다.

밤낮이 바뀐 생활이 내 의지로는 회복되지 않아 도움이 필요하다는 생각으로 서점에 들러 ≪아침형 인간≫이라는 책을 샀으나 몇 장 넘기다 큰 공감을 얻지 못해 책장을 덮었다. 야행성 인간은 정신과 건강이 망가져 인생의 성공률이 낮다는 것이다. 물론 다 그렇다는 것은 아닐 테고 보편적으로 그렇다는 것이겠지만, 야행성 인간도 성공하고, 위대한 예술 작품을 남기고, 건강한 사람도 많다. 흰 수염을 늘어뜨린 톨스토이는 깊은 밤이 되어야 자유롭게 상상의 날개를 펴며 풍성한 작업을 이어갔다. 지난밤 창조 작업에서 얻은 피로를 잊기 위해 잠자리에 들며 다시 밤이 오기를 기다리며 살지 않았던가.

이 밤도 생존을 위해 야행성 인간이 되어 밤을 꼬박 새며 일하는 사람들, 질병의 통증으로 고통 속에 밤을 새는 사람들, 불면증에 시달리며 잠 못 이루는 사람들이 얼마나 많은가, 다른 사람과 같지 않다는 것은 틀린 것이 아니라 다를 뿐인 것이다.

한없이 고요하고 한없이 조용한 깊은 밤중에 나는 불을 밝혀 놓고 넓은 공간, 거실의 식탁에 앉아 생각을 가다듬으며 글쓰기 작업을 시작한다. 내 주변에서 소재를 찾아 주제와 연결시키며 글을 써내려 간다. 쓰다보면 문맥이 막힐 때가 많다. 모든 생각을 글 쓰는 데 몰입하지만 구상이 떠오르지 않아 전전긍긍한다. 작품이 마음에 들지 않아 퇴고에 퇴고를 거듭하다 보면 지치고 만다. 글을 쓰는 것을 후회하기도 한다. 보기 싫어도 읽고 또 읽으며 퇴고할 수밖에 없는 나만의 아픔이다. 좋은 글이 나올 수만 있다면 쓰는 수고쯤은 얼마든지 감당할 수 있겠지만, 쓸수록 어려운 것이 수필임을 고백한다.

수필은 나를 낮추고 넓은 혜안으로 삶을 관조하는 글이며, 관조하지 않고 자기 성찰이 없이는 좋은 글을 쓰기 어렵다는 것을 점점 더 깊이 깨닫고 있다. 참으로 어렵고 힘들게 태어나는 수필 한 편을 선뜻 남 앞에 내놓기가 두려워 망설이게 되고 주눅이 든다. 그러나 희망을 잃지 않은 나의 소망이 샘물처럼 솟아나는 밤이 아니던가. 수십 장의 파지를 내면서도 글쓰기에 매달려 고뇌하는 올빼미 인간이 나다. 가장 좋아하고 편한 시간이 밤인 것을 난들 어찌하랴.

갑순 양

우리는 모두 자신의 이름을 가지고 있다. 스스로 마음에 들고 부르고 싶은 그럴 듯한 이름이면 좋으련만 아닌 경우가 흔하다. 본인의 이름에 만족하는 사람이 과연 얼마나 될지 궁금하다. 이름은 조부모님이나 부모님, 아니면 목사님, 스님, 어쩌면 작명가에 의해 지어지고 불려진다. '짐승은 죽어 가죽을 남기고 사람은 죽어 이름을 남긴다'고 숱한 사람들이 좋은 이름을 얻기 위해 노력한 흔적들을 역사를 통해서도 알 수 있지 않은가. 그러나 아무 남김없이 사라진 이름 또한 그 얼마나 많겠는가.

시애틀에 사는 내 친구 갑순이는 아주 날쌘돌이다. 낚시를 가나 고사리를 따러 가면 나보다 세 배 이상 많은 양을 거둔다. 부지런하고 몸이 재서 그런 게 아니라 천부적으로 타고 난 것 같다. 걸음도 내가 걸으면 뛰고, 내가 뛰면 나는 듯 항상 저만치 앞선다. 자유롭고 단순하며 명랑한 성격 또한 시원시원하여 좋다. 그런데 그가 몇 년 전 부인과 헤어지고 딸아이는 LA에 있는 학교에 입학해 처량한 홀아비신세를 면치 못한 채 살고 있다.

그는 모처럼 도 닦는 심정으로 지난 잘못을 회개하는 귀한 시간이라지만 내가 보기엔 좀 그렇다. 어쩌다 가보고 싶어도 나 혼자서는 소문이 귀찮아 조심스러웠다. 그래도 고사리 철, 송이버섯 철이 되면 궁금하고 좀이 쑤시지만 '남과 여'라는 친구 사이는 내 생각만큼 편하지 못한 모양이다. 어디 좋은 아줌마 있음 빨리 새 장가 가라고 부탁해도 말처럼 쉬운 일이 아니니 걱정이다.

지난여름, 내가 사는 LA에 오겠다는 연락을 했다. 그는 혼자 지내다보니 낙도 없고 외로워 담배가 유일한 벗이었다. 하루 두 갑의 골초에다 초췌한 얼굴에 장염까지 앓아 영화에서 보는 저승사자 모습이었다. 부모 형제 만나러 서울에 가려 해도 비행기 안에서 담배를 못 피우게 해 자신이 없다고 했다. 더군다나 장염 때문에 화장실 출입이 잦아 여기까지도 가까스로 온 것이다.

이틀 동안 내가 해줄 수 있는 것은 듣기 싫은 잔소리가 전부였다. "담배는 당장 끊어라. 그 꼴에 어떤 여자가 오겠냐. 살려면 병부터 고쳐라." 금방 쓰러질 것같이 비쩍 말라 눈만 퀭한 친구를 혼자

배웅하고 돌아섰다. 애잔하고 마음이 아팠지만 그렇다고 다른 무슨 수가 있는 것도 아니었다.

시애틀로 돌아간 후, 2~3주에 한 번씩 서로 안부를 묻곤 했다. 장염이 심해져 대장을 8cm이상 잘라내는 수술을 했고, 담배를 끊으려 해도 손이 떨리고 가슴이 답답해 도저히 자신이 없노라 이해를 구했다. 며칠 전 한국서 남동생 부부가 와서 함께 살고 있으니 걱정 말라고 한다. 걱정이라는 게 하지 말라고 해서 안 할 수 있다면 무슨 걱정일까.

재작년까지도 친구 서너 명씩 데리고 갑순 네에 놀러 갔다. 정이 많고 순수한 사람이라 성심성의껏 베풀며 잘해 주었다. 때 맞춰 직장에 휴가를 내어 이곳저곳 구경도 시켜주고 집에 가져 갈 고사리, 조개, 산나물을 마련해 주며 기뻐했다.

우리가 떠나기 전날, 던지네스 게를 잡아 쪄 먹으면 맛있다며 아홉 마리나 잡았다. 둥근 그물망에 생 닭고기 몇 토막을 넣어 바다에 던져 두었다가 들어내니 게가 다닥다닥 붙어 있었다. 너무 재밌고 신통하여 환호성을 질렀다. 기쁨도 잠깐, 저쪽에서 망원경으로 지켜보던 감시원이 다가와 허용된 세 마리 외 여섯 마리에 벌금 통지서를 주고는 몽땅 빼앗아갔다. 왜 허락된 세 마리까지 뺏겨야 하는지 속이 상했다. 갑순인 얼굴이 벌게지며 무안해서 멋쩍어 하길래 그냥 웃고 말았다. 여자들 속에 남자 한 명이 아니라 모두 여자 친구들 같았다. 호칭도 '양 언니'라고 불렀다. 친구 부모님은 이 아들이 앞으로 미국 가서 살게 될 것을 전혀 모르셨을 것이다. 아들 이름을 '갑돌'이도 아니고 '갑순'이라고 지으신 것까지는 그렇지만 성이 '양'씨다. '양갑순' 미국 와서 성이 뒤로 가야 되니 '갑순 양'이 된 것이다. 우리가 '양 언니'라고 불러도 무리가 되지 않을 성싶다. 성격도 어느 여자보다 더 세심하고 꼼꼼하다.

올해 초 참으로 기쁘고 반가운 소식이 날아왔다. 누나처럼 지내며 왕래하던 집에 서울에 사는 여동생이 왔단다. 이혼한 후 딸 셋 데리고 살다가 머리 식힐 겸 여행 온 그 여자를 만나 서로 마음이 통해 재혼을 약속했다고 한다. 자기는 팔자에 아들이 없으니 딸만 넷이 된 것이고, 여자 복이 많은 것이란다. 입으로 시인하면 틀림없는 사실이다.

그 후로 차례차례 놀라운 소식이 들려왔다. 이십 년이 넘게 미국에 살았지만 영어를 나만큼이나 못했다. 그동안 자신이 없어 시민권 시험을 못 보았는데, 아내의 영주권 때문에 열심히 공부해 시민권을 받았다고 한다. 죽을 때까지 못 끊을 것 같던 담배도 부인 말 한마디에 딱 끊고, 부인의 재력으로 마켓과 카페테리아 두 개를 사서 운영한다고 한다. 도저히 낫지 않던 장염도 정성어린 식이요법으로 조금씩 좋아지고 있다고…. 음식 솜씨가 어찌나 좋은지 집사람이 해준 밥을 꼭 먹어봐야 된다고 자랑이다. 하나하나 듣고 보니 정말 놀라운 사랑의 힘이었다. 여리고 착한 심성으로 일궈낸 환희였다. 덩달아 나까지 가슴이 시원하고 후련해졌다. 여기 친구들과 함께 시애틀에 가도 넓은 집에 맘 놓고 지낼 수 있을 것 같아 기다려진다. 더불어 갑순이 소원대로 노후엔 한 동네에 모여 이웃하며 살 날도 꿈꾸어 본다.

두 사람을 우리 집에 초청해 라스베가스 시청에 가서 속성 결혼식을 올리고, 그랜드캐년으로 신혼여행도 다녀왔다. 앞으로 재밌는 이름을 가진 갑순 양 친구 가정에 건강과 행복의 향기가 영원하길 바란다.

'과거로 돌아가 새롭게 출발할 수 있는 사람은 없지만 누구든 새로운 미래를 만들 수는 있다'는 칼 바드의 말을 빌어 갑순 양의 행복을 빈다.

왼손잡이

왼손을 쓰는 사람은 창의적이라고 한다. 그 이유로 아이들이 왼손을 써도 묵과하는 건 물론, 적극적으로 장려하는 부모도 많아졌다는 기사를 읽었다. 양 뇌를 골고루 쓰면 똑똑해지고 두뇌 건강에도 좋다는 과학적 이유로 인해 일부러 왼손을 써 보려는 오른손잡이도 생겼다. 격세지감이 아닐 수 없다. 장애까진 아니더라도 왼손을 쓰는 것이 비정상이라고 취급받던 때가 그리 오래 전이 아니기 때문이다. 중세시대에는 왼손잡이를 부정하다 하여 징계까지 했다고 한다.

나는 아이들이 어느 손을 쓰든 관여하지 않았지만, 함께 살던 할머니에겐 민감한 문제였다. 아기는 반드시 똑바로 뉘어야 한다고 아들의 뒷머리를 완전 절벽으로 형성하는 데 일조하셨던 분이다. 눈에 넣어도 아프지 않은 귀여운 손자가 자꾸 왼손을 쓰려 하는 건 절대 아니 되는 일이었다. 손자가 왼손을 쓰면 곧바로 할머니의 적극적인 방해가 시작되곤 했다. 몸이 건강하지 않다며 학교까지 책가방을 들고 따라 다니신 지극정성의 할머니였다. 그런 할머니의 성화에 못 이겼고, 걱정을 듣기도 죄송하고 노여워하시는 걸 보느니 차라리 왼손을 쓰지 않으려고 애를 쓰던 아들이었다.

사실 이 시대에서 왼손을 쓴다는 건 보통 고역이 아니다. 세상이 애초부터 얼마나 오른손잡이를 위해 설계되었는지 가만히 생각해 보았다. 대중교통을 이용할 때도 교통카드를 찍어야 하는 기계는 항상 오른쪽에 있다. 학교의 책상들은 오른손잡이를 위해 팔을 걸칠 수 있도록 제작되어 있다. 카메라, 캠코더 역시 오른쪽에 버튼이 있다. 수도꼭지도 오른손이 편하게 만들어졌다. 우리가 쓰는 글자 역시 왼쪽에서 오른쪽으로 읽히기 때문에, 왼손잡이가 글을 쓰려면 어쩔 수 없이 평소 편한 방향의 반대로 손이나 종이를 비틀어야 한다. 이런 이유로 대다수의 왼손잡이들은 점점 양손잡이로 발전한다고 한다. 왼손만 쓰면 여러모로 생활이 불편하니 자신도 모르게 오른손을 사용하게끔 진화된다는 것이다. 보통 왼손으로 글씨를 쓰는 사람을 왼손잡이로 규정하지만, 양손잡이도 많은 것이다.

아들은 할머니 덕분에 열세 살까지는 오른손잡이로 살았다. 힘을 써야하는 공던지기, 망치질, 세밀함이 필요한 가위질, 사람들 눈에 자주 띄는 젓가락질은 모두 오른손을 썼다. 그 후 미국으로 이민을 오면서 점차 유아시절 습관이 고개를 들었다. 왼손을 쓴다고 간섭할 사람이 없는 것도 그렇지만, 미국은 사회적으로 인정하는 편이다. 야구 방망이도 왼손으로 휘둘렀고, 공을 던지는 것도 왼손을 썼다. 식사 때 왼손은 당연하고 글씨까지 왼손이 편하다고 했다.

결국 유아기에 쓰던 오른손과 청소년기에 쓰던 왼손이 뒤죽박죽되어 나중에는 급한 대로 양쪽을 함께 쓰는 아들이 되었다. 어떨 때에 오른손 혹은 왼손을 쓰는지, 굳이 그 상황에서 특정 손을 쓰는 이유가 뭔지, 어떤 일관성이 있는지, 왜 그렇게 되었는지 논리적으로 설명할 수가 없다. 살다보니 습관대로 그리 되었다고 생각한다. 운동을 시켜보니 테니스는 왼손으로 하는데 골프는 오른손을 쓴다. 골프를 왼손으로 치려니 튀기도 하고 무엇보다 골프채를 일일이 왼손잡이용으로 구입해야 하거나 얻어 쓰는 현실이 쉽지 않았다. 점점 사용법이 체계적으로 습관화되었다. 적시에 대처하여 아쉬우면 양손을 다 쓰지만, 항상 왼손이 편하다는 생각이 먼저라고 한다. 그러니 우리 집은 식사 때마다 왼손잡이인 자녀들과 팔꿈치가 닿지 않도록 앉아야 부딪치는 불편이 없다.

내가 오른손만 쓰니 왼손을 쓰는 것이 보기에 불안하고 답답해
보일 때가 있다. 그러나 왼손잡이는 이미 태아 때 결정된다니 할
말은 없다. 세계적으로 열 사람 중 한 사람은 왼손잡이라고 한다.
개나 고양이, 앵무새까지 왼손잡이가 있다는데, 만물의 영장인 사
람은 어떻겠는가. 왼손잡이도 유전이라는 속설이 있기는 하지만
어느 손을 쓰든 눈치주고 염려할 일은 아니다. 여자보다 남자들이
더 많다는 왼손잡이가 비정상으로 보였으나 이젠 그런 고정관념은
사라져야 한다.

시대도 달라졌고 세상 판도도 바뀌었다. 러시아 작가 니콜라스
레스코프가 쓴 과격하고 고지식하며 무식한 사팔뜨기 대장장이가
주인공인 ≪왼손잡이≫라는 책을 읽고 나니 더욱 그렇다.

미지를 찾아서

나는 운전하는 것을 좋아하고 여행도 자동차로 다니는 것을
좋아한다. 고속도로를 내달리다 맥도날드에 들러
햄버거도 먹고 커피를 마시는 여유로움과 느긋함을 즐긴다.
도착하기 위해서보다 가는 과정을 좋아하는 것이다.
미국은 워낙 땅덩어리가 크니 갈 곳도 많고
볼 것도 많은 나라다. 새로운 곳에 대한
호기심이 새록새록 용솟음쳐 역마살이 낀 듯
주말이면 아이들을 태우고 그랜드캐년을 시작으로
유타, 엘로스톤까지 도깨비 여행을 다녀오곤 했다.

여기가 좋사오니

밖으로 나가는 것이 싫어 웬만하면 집안에 있으려고 주춤거렸다. 가족여행이라도 떠난다면 무슨 핑계로 따라가지 않을까 궁리를 했다. 그러나 이제는 정반대의 상황으로 바뀌었다. 미국으로 이주한 뒤로는 차분하게 있지 못할 정도다. 모든 곳이 다양한 문화와 지형의 특이성과 광활한 대지는 그런 욕구를 충분하게 채워 주고도 남는다.

봄철에 1번 하이웨이를 타고 달리다보면 회색 고래 떼의 행렬과 돌고래들의 싱크로나이즈 재롱까지 덤으로 보게 된다. 태평양을 해변 따라 펼쳐지는 탁 트인 바다풍경은 온갖 시름을 잊게 한다. 이곳은 내게 넓고 밝은 마음을 무상으로 건네주며 자아를 버리게 한다. 집에서 30분 거리에 있는 이 바다는 언제든지 찾을 수 있어 좋다. 가끔은 고깃배를 타고 나가 낚시로 우럭, 농어, 광어는 물론 방어를 잡는 재미도 있다. 많은 해양 레저 스포츠를 유감없이 만끽할 수 있는 것 또한 커다란 특혜라는 생각이 든다.

일조 시간이 길기에 수많은 농장과 과수원에서 싱싱한 채소와 과일을 넉넉히 제공받는다. 언젠가 뉴욕에 가보니 캘리포니아산 과일과 채소가 비싼 값에 진열되어 있었다. 여름에 비 한 방울 내리지 않아도 농사를 지을 수 있는 시설과 관리가 잘 되어 있다. 일 년에 삼모작 이상 재배하는 갖은 농산물은 수요와 공급을 충족시킨다. 나도 뒷마당에 작은 밭을 만들어 상추, 들깨, 파, 토마토, 부추, 고추 등을 자급자족해 보니 기대 이상의 수확이 있었다.

독특한 사막 기후가 아무리 더워도 그늘에 가면 시원한 자리가 되고 뜨거운 햇빛은 모든 작물들을 튼실하게 자라게 한다. 비옥한 대지는 신선함의 선물이다. 조석으로 동네 한 바퀴를 돌면 사시사철을 각양각색으로 물들이는 꽃들이 우리의 눈과 마음에 평온을 준다. 한 가지 꺾어 땅에 꽂아 놓으면 뿌리가 내리고 성장을 하니 생명줄이 긴 식물들이다. 들풀이나 야생화를 잘라 대충 장식을 해 놓아도 청초한 멋이 느껴진다. 사계를 채워주는 갖은 모양의 꽃과 색들의 조화는 예술이 따로 없다. 나무들도 침엽수를 비롯하여 활엽수, 열대 식물까지 모두 자라는 분포이다.

10여 년 전, LA를 떠나 살아보고 싶은 언감생심으로 여기저기 기웃거려 보았다. 사실은 커다란 지진이 온다는 믿기 싫은 소문들도 한몫 했다. 한인들이 살고 있는 곳을 수소문하여 가보고 결정하려고 여러 주를 다녀봤다. 그런데 구관이 명관이란 말이 있듯 여기만큼 살기 좋은 곳이 없었다. 크고 작은 지진을 수차례 겪고 보니 언젠가 곧 대지진이 온다는 불안감이 걸릴 뿐이었다. 요즘은 세계 도처에서 그런 재앙의 피해가 빈번하지 않던가. 생과 사는 하늘의 뜻이거늘, 이 지구 어디가 안전지대라고 정해져 있지 않다. 어디든지 위험요소는 다 있기에 인간의 한계를 깨닫게 마련이다. 춥지 않고 한국 가게가 있고, 복잡하지 않은 동네는 생각보다 쉽게 찾아지지 않았다. 인생을 관망하며 배우기에 느긋한 로스앤젤레스가 내겐 최적지라는 결정을 내렸다. 사방으로 즐비한 자연환경과 현대감각의 조화는 도전정신을 일깨우고 게으르지 않도록 기회를 주는 것도 이유였다.

시냇물이 있어 발을 담그고, 바다가 부르기에 대답하고, 산이 높아 오르는 지금도 내 마음은 저만치 가 있다. 많은 경비를 들이지 않고도 찾아 볼 수 있는 연방정부 관리하의 공원 400여 군데와 국립공원 58개는 언제나 우리를 기다린다. 여행을 하다보면 어느 외진 촌야를 가도 만나는 한국사람들이 있다. 이 넓은 대륙에서 우리나라 사람을 만나 한국말로 인사를 하는 것도 빼놓을 수 없는 살맛

나는 일이다. 의지 깊은 한국인은 여기서도 열심히 살아간다. 나도
그 마음으로 정 붙이고 사는 이곳이 좋아, 내 삶의 터전이 되었다.

존 스타인벡 기념관을 찾아

    샌프란시스코를 다녀오는 길에 미국 문학의 큰 발자취를 남긴 대문호 존 스타인벡 기념관을 방문했다.

    존 스타인벡의 기념관은 몬트레이 카운티의 서부시대의 모습을 그대로 간직하고 있는 살리나스에 자리하고 있었다. 살리나스는 시라고는 하지만 인구 13만 명이 거주하는 작은 곳으로 멕시코계 이민자들이 모여 사는 흙먼지 나는 농촌 도시이다.

    존 스타인벡 기념관은 살리나스 구시가지 중심에 있다. 기념관 바로 앞거리에는 허리에 쌍권총을 찬 서부 사나이들이 서부영화의 세트장 같은 목조건물들이 있는 양편에 늘어서 있었다. 멘인 가의 북쪽 끝에 위치한 4만평방 스퀘어미터 크기의 기념관은 1998년,

연방기금과 캘리포니아 패가드 재단의 기금으로 그의 생가 근처에 건립하였다.

3층으로 된 전시장에는 그가 집필했던 원고며 당시의 신문평들, 집필을 위해 살았던 집 모형, 여행지, 생전의 생활 모습, 영화 장면, 노벨상을 타기 위해 방문했던 스웨덴 여행 사진 등 4만5천 점의 각종 전시품들이 진열되어 있었다. 제임스 딘이 주연했던 영화 <에덴의 동쪽> 사진화보와 <분노의 포도> 사진들, 존 스타인벡과 관련된 영상물을 상영하는 공간이 눈길을 끌었다.

존 스타인벡은 1902년 2월 27일, 캘리포니아 주 살리나스의 중류 가정에서 태어났다. 그의 부친은 부유한 방앗간 주인이자 독일계 지역 정치인이었고, 모친은 아일랜드계 교사 출신이었다. 존 스타인벡은 교사 출신인 어머니의 영향으로 책을 가까이하며 위대한 저자들의 영향을 받았다. 그는 아홉 살 생일에 선물로 받은 토머스 멜러리의 ≪아서왕의 죽음≫을 탐독하였다.

훗날 그의 작품에 나타나는 인간의 원죄 의식, 사랑과 구원 같은 성서적 사고와 감성적인 로맨티시즘은 이러한 독서 경험에 근거를 두고 있다. 살리나스의 골짜기에서 젊은 시절의 대부분을 보낸 그의 경험은 후일 작품을 집필하는 데 주요한 소재가 되었다. 1919년, 스탠포드 대학에 입학했지만 학교생활보다는 농사꾼, 목장지기, 도로 공사장, 건축, 공장 노동자 등을 전전하였다. 학교생활을 하면서 단편소설을 발표하며 작가의 꿈을 키웠다. 첫 번째 소설인 영국의 해적을 주인공으로 한 ≪황금의 잔≫이 출간된 것은 1929년이었고, 1934년 ≪살인자≫가 단편 부분에서 오 헨리상을 수상했다. 1937년 ≪생쥐와 인간이≫ 출판되어 뉴욕비평가상을 받은 후, 1939년에는 이주해 온 포도밭 노동자와 지주와의 갈등을 그린 ≪분노의 포도≫가 출간되었다. 1955년에는 ≪에덴의 동쪽≫을 발표하였는데, 영화화되어 세계인에게 친숙한 작품이 되었다.

1962년 ≪분노의 포도≫로 노벨문학상을 받으며 절정을 이루었고, 그후 많은 작품을 남기다가 1968년 12월 20일, 66세에 생을 마감하여 살리나스의 공동묘지 '추억의 정원'에 묻혔다. 그가 오래 살았던 몬트레이와 패시픽그로브는 스타인벡이 남긴 문학적 업적을 보기 위해 연간 360만 명의 관광객이 찾고 있다고 한다. 우리 일행도 그 일원이 되어 기념관을 관람하고 건너편에 있는 존 스타인벡이 태어난 생가를 찾았다.

그의 생가는 뾰쪽한 경사 지붕의 아름다운 빅토리아식 3층 건물이었다. 2층은 레스토랑으로 활용하여 관광객을 유치하고 있었다. 3층은 침실과 살림살이들을 전시해 놓았고 기념품 가게도 있었다. 1897년에 건축된 이 집은 그의 부모가 구입한 것이다. 2년 후에 스타인벡이 출생했고 27세까지 부모와 함께 살았다고 한다. 우리는 그 식당에서 스타인벡의 문학세계에 대한 이야기를 나누면서

즐겁게 식사한 후 기념품가게에 들러 검은머리에 넓은 이마와 멋
진 콧수염을 가진 소설가 존 스타인벡의 초상화가 그려진 머그잔
을 샀다.

　자연을 사랑하였으며, 가난한 사람들의 생활을 완벽하게 묘사하
는 데 부족함이 없었다는 스타인벡은 경험의 사람이며 언어의 사
람이었다. 정열적으로 살았으며, 자연의 힘과 싸우는 인간의 투쟁
과 내부에 도사리고 있는 열정에 초점을 맞추면서 인도주의적인
관점에서 사물을 목격하였다. 캘리포니아 대지의 광활한 아름다움
과 서사적인 힘을 배경으로 사용함으로써 자신이 목격했던 역경으
로부터 의미를 이끌어 내려고 애썼던 작가였다.

　존 스타인벡의 기념관을 다녀온 이후 내 마음속 얼어 붙은 강에
도끼를 드는 느낌이 들었다. 문학과 더불어 자유를 얻고, 문학과
더불어 생명의 황금빛 나무로 성장하고 싶다.

구름 따라 길 따라

사람의 성격은 개인의 과거사나 주어진 여건, 시대적인 상황에 따라 변한다고 한다. 나 역시 나이가 들면서 자연스럽게 성격이 변했다. 내향적인 성격이 지금은 내향과 외향이 혼합된 중간형으로 변모한 것이다. 전에는 외출보다 집안에 묻혀 지내는 것이 좋았다. 지금은 반대로 바뀌어 집을 떠나 구경거리가 있는 곳은 어디든 가서 보고 느끼는 것을 선호한다. 그러니 성격이 바뀐 것이다.

미국의 광활한 대지는 떠나고 싶어 하는 나를 늘 유혹한다. 항구에 매인 배는 신천지를 볼 수 없듯이, 기회만 되면 나는 몇 가지 옷을 챙겨 여행길에 오른다. 미지로 떠나는 여행은 내 삶을 자유롭게 하고 마음의 폭을 넓혀주기 때문이다.

  1번 하이웨이로 운전하며 북으로 올라가노라면 고등어 등빛처럼 검푸른 바다가 펼쳐진다. 운이 좋은 날에는 회색고래 떼의 행렬을 볼 수도 있고 또 돌고래들의 싱크로나이즈 재롱도 덤으로 볼 수 있다. 하얀 포말을 내뿜는 바다의 숨결을 들으며 사색하는 기분은 백문이 불여일견, 태평양을 끼고 굽이굽이 도는 해변이 탁 트여 있어 시원하기 그지없다. 거기서 퍼져오는 신선한 바람은 오염된 체내의 온갖 불순물을 제거해 주는 듯 심신을 편안하게 한다.

  우리 집에서 30분 거리에 있어 바다는 언제든지 찾아가기에 안성맞춤이다. 때로는 고깃배를 타고 깊은 바다로 나가 우럭이나 농어, 광어, 방어를 잡는 낚시의 재미도 크다. 해양 레저 스포츠를 유감없이 즐길 수 있는 것도 이곳에 사는 축복이다.

  로스앤젤레스는 목마른 사막에 생명력을 불어 넣어 만든 도시이다. 끝없이 펼쳐진 푸른 농장과 과수원에서 싱싱한 채소와 과일을 넉넉히 제공받으니 식생활이 풍요롭다. 여름 가뭄에도 농사를 지을 수 있는 시설과 관리가 완벽하게 되어 있다. 일 년에 삼모작 이상 재배하는 갖가지 농산물은 수요와 공급을 충족시키기에 부족함이 없다고 한다. 나도 뒷마당에 작은 밭을 일구어 상추, 들깨, 파, 토마토, 부추, 고추 등을 자급자족해 보니 식탁이 풍성하다. 독특한 사막 기후가 아무리 더워도 그늘에 가면 시원한 자리가 되고, 뜨거운 햇빛은 모든 작물을 튼실하게 자라게 한다.

한국에 있는 지인들로부터 미국에서 가장 살기 좋은 곳이 어디냐는 질문을 받는다. 그럴 때, 나는 LA라고 서슴없이 대답한다. LA는 지진이 있다고 하는데 정 떨어지지 않느냐고 다시 묻는다. 물론 지진이 있는 도시다. 그러나 이 지구상 어디에든 안전지대가 있겠는가. 미국인들이 살기 좋은 곳은 이민자들에게는 담이 높고 거리감이 느껴지기 마련이다. 동포들이 생각하는 살기 좋은 곳과는 뉘앙스가 다르다. 우리들이 살기 좋은 곳은 인종차별 없고, 범죄 없고, 장사도 잘 되면서 한국인들이 모여 사는 곳이 좋다. 이런 이유로 나는 LA가 살기 좋은 곳이라고 추천한다.

미국에는 거대한 산과 호수, 유황온천, 국립공원 등 아름다운 자연과 풍경들이 많고도 많은 나라이다. 누구라고 삶의 고통이 없을까. 그때마다 자연에게 위로받고 싶어진다. 언제까지라고 기약하지 못할 삶이기에 가고 싶은 곳을 구름 따라 길 따라 수백리 길도 달려갈 수 있는 근사한 여행길, 바람과 같은 떠남이 있기에 정신세계를 맑게 하며 나를 살맛나게 한다.

입맛의 차이

LA는 서울 못지않게 한글 간판이 즐비하다. 그 중 자주 보이는 한식당들은 상호만큼 종류도 다양하다. 원조라는 전문집은 물론 유명식당 프랜차이즈도 그 수가 적지 않다. 한식을 즐기는 타 인종을 만나는 일 역시 이곳에서는 평범한 일이 되었다. 개량된 한식의 전파에 적극 동참하고 있는 모습들이다.

친구나 가족과 함께 한국 음식을 못 잊어 다시 찾고, 또 주위의 사람에게 권하는 경우가 많다. 드라마나 인터넷을 통한 한류의 열풍 역시 커다란 효과가 있다. 다른 나라 식당에 비해 푸짐하게 나오는 반찬들은 넉넉한 인심이 되어 단골이 된다.

다인종이 모여 사니 음식 또한 인종만큼이나 각양각색이다. 주부들이 모인 자리에는 나름대로 섞어 만든 국적 모를 퓨전 요리도 등장한다. 나 역시 어깨 너머로 배운 남미, 타이, 일본 요리 등을 흉내낼 줄 아는 아마추어 요리사가 되었다. 이런 현상은 고유의 맛을 잃게 하며 수천 년간의 민족문화 음식이 차츰 퇴색되어 가고 있는 단면이다.

한 나라의 문명을 대표하는 것 중의 하나가 음식문화이다. 음식문화는 그 나라의 전통과 생활양식을 발견할 수 있기 때문이다. 그 고장의 특산물에 따라 만들어지는 전통음식의 맛은 잊혀지지 않는 진미이다. 여행을 다녀보면 세계적으로 가장 퍼져 있는 것이 중국음식이다. 어느 산골짜기, 외진 동네에 가도 으레 '차이니즈 푸드'라고 쓴 글씨를 만나니 참으로 대단하다. 동양인들이야 입맛에 맞아 즐겨 찾는다 해도 서양 사람들까지 선호하니 과연 세계적인 음식이 된 살아 있는 외교이다. 얼마 전, 평생을 한 가지 음식만 먹어야 된다면 무슨 음식을 선택하겠느냐는 설문 조사에서 1위를 차지한 것은, 아이러니하게도 피자였다. 나는 피자를 먹고 나면 뒷맛이 개운치 않고 속이 거북한데, 그러고 보면 사람들의 입맛은 절대 같을 수 없다.

친지가 저녁 대접을 한다고 격이 있는 레스토랑에 초대했다. 실내 분위기는 우아하고, 메뉴는 온통 생소한 음식들이었다. 무엇을 주문해야 좋은지 도통 알 길이 없어 불편하기 짝이 없었다. 내 식성

이 촌스러운 탓인지 패스트푸드나 서양요리는 별로 좋아하지 않는
다. 낮은 목소리로 난 한식이 좋은데 왜 여기에 왔느냐고 했다.
그녀는 나에게 부모님 세대는 가난한 시대를 살아 배부른 음식을
찾고 또 음식이 있을 때 속히 그릇을 비워야 했지만, 먹을거리가
풍성한 지금은 눈과 분위기로 먹어야 한다고 했다. 열린 관광의
시대니 어느 나라에 가더라도 음식을 가리지 않고 맛있게 즐길 줄
아는 국제적인 입맛을 가져야 고급문화 시민이 된다고 마치 음식
홍보대사처럼 늘어놓는다.

어느 민족이건 식성에 따라 다르겠지만 어머니가 집에서 손수
차려주신 밥상에 길들여지면 쉽사리 타국의 음식에 구미가 당기지
않는다. 오랜 세월 외국에 살면서도 한국 핏줄은 타고 나서일까,
따끈한 된장찌개나 김치찌개의 담백한 맛이 내 식성에 맞으니 세
월이 흘러도 입맛은 영원히 변하지 않을 것 같다. 한국인의 체질
탓인지 이곳에서 출생한 2세들도 서양 음식에 길들여져 가는 것
같아도 부모님이 정성스레 만들어 주는 한국 음식을 더 좋아한다.

나는 빵보다 밥을 좋아한다. 밥을 먹어야 뼈가 되고 살이 될 것
같은 근거 없는 믿음을 갖고 있다. 국과 나물반찬이 곁들여 차려진
한정식을 대할 때 진수성찬을 받은 듯 내 입맛은 즐겁고 행복해진
다. 비록 문화 시민이 못되는 내 입맛이라도 나는 뿌리 깊은 한국인
의 후예임에 틀림없다.

고유가 시대

원유 값이 천정부지로 치솟고 있다. 배럴당 백 불이 넘더니 백오십 불도 훌쩍 뛰어 오른다. 그나마 다행히 소폭 하락을 이어 간다지만 여전히 불안하다. 1987년, 내가 미국에 왔을 때 1갤런에 98센트였으나 지금은 4불을 넘어 5불에 이르니 세월이 무상할 뿐이다. 그동안 오른 물가가 어디 기름 값뿐이랴마는 몇 달 사이 상상을 초월하여 내달리는 가격에 움찔하지 않을 수 없다. 내 차도 가득 넣으면 육십 불로 충분했는데 이젠 백 불 갖고도 모자란다.

한 치 앞을 내다보지 못한 우리 식구는 모두 큰 자동차를 샀으니 주유소 앞에만 서면 가슴이 콩닥거린다. 어쩌다 먼 거리를 가게 되면 '꼭 가야만 하나?' 하고 생각을 다시 해 본다. 이 일 저 일

몰아서 한 번으로 해결하고 싶은 건 당연지사가 된 것이다. 때가 때인 만큼 부득이 같은 방향 길에 누가 태워줘도 송구스럽고 죄스런 마음까지 들기 마련이다. 물가란 '숭어가 뛰면 망둥이도 뛴다'고 다른 것들까지 덩달아 가격경쟁이 심하다. 마켓을 가도 이젠 장바구니가 전보다 가벼워졌다. 냉장고에 상해서 버리는 음식들이 얼마나 많았던가. 몰라서 못 먹고, 귀찮아서 안 먹고, 아끼다가 썩혀 버려지는 음식들을 준비하지 말자는 다짐을 한다. 무얼 사도, 돈을 써도 쩨쩨하진 말아야 한지만 심사숙고해야 할 것 같다.

머칠 전, 부담 없이 타고 다닐 하이브리드형 자동차를 사러 나갔다. T사에서 만든 소형차가 1갤런에 48마일을 간다니, 생김새는 썩 내키지 않았지만 결정을 했다. 한데 물건이 없다고 계약금을 맡기고 하염없이 기다리라나. 거기다 웃돈까지 얹어줘야 살 수 있다니 정말 별일이었다. 포드(Ford)사의 트럭들은 가격의 절반을 깎아줘도 안 팔린다는데, 어떻게 생각해야 되는 건지 머리뿐 아니라 마음까지 착잡해진다.

그토록 잘 나가던 세계 제일의 자동차 회사가 저 모양이 되고 있다니…. 직원을 감원시키고 공장 가동을 중단한다고 한다. 세상은 영원한 승자도 패자도 없다는 말이 맞는지 모르겠다. 결국 기름이 적게 든다는 하이브리드 차는 강 건너 등불이 되고 말았다. 판매상을 나오면서 '혹시 이러다 원유 값이 하염없이 내려갈 수도 있지 않을까 하며 간절한 소망을 가져 보았다.

우리 집을 오고가는 5번 고속도로는 시도 때도 없이 막혀 짜증나는 길이다. 지금은 방학 기간이고 자동차 수도 줄었는지 다니기가 한결 수월해졌다. 프리웨이는 널찍하고 전철과 버스는 북적댄다. 휘발유 가격이 오르면 오를수록 사고율은 점점 줄어들 것이다. 틴에이저들과 적지 않은 사람들이 비싼 기름 값을 감당치 못해 대중교통수단과 카풀을 이용하는 추세이니 말이다. 더불어 교통 관련 사망자 수도 미국 전체 오십 개 주를 통틀어 많이 줄었다.

차 주행거리도 13년 만에 큰 폭으로 감소했으며, 지난 8개월 동안 53억 5천만 마일이나 덜 탔다니 대단하다. 기름이 1불 오르면 체중 5파운드가 빠진다고 한다. 고유가 다이어트이다. 기름 값 아끼느라 차를 안 타고 걷든지 웬만하면 외식도 줄이기 때문이리라. 이렇듯 고유가가 주는 혜택도 없지 않아 있으니 걱정을 조금은 덜어야 하는지 모르겠다.

하긴 나부터 운전하는 횟수가 줄어든 건 사실이다. 비행기 여행보다 자동차 여행을 좋아하는 나는 정처 없이 차를 몰고 떠났건만 요샌 계산부터 앞선다. 가끔 한국서 손님이 오면 미국은 기름 값이 싼 편이라고, 한국의 절반 가격이라고 한다. 물론 가격은 그렇지만 소비하는 양은 이곳이 훨씬 더 많아 결국 싼 게 아니라고 이야기해 준다. 한국은 대체로 거리가 가깝지만 여긴 어딜 가도 멀다. 학교도 친구네도 직장도 예배처도 마켓도 은행도 관공서도 걸어서 다 닐 거리가 아니다. 땅이 넓으니 가야 할 길도 만만치 않다. 세계 제일의 석유 소비국, 지구 온난화의 주범 국가란 원성이 크지만 어쩌겠는가. 뜨거운 뙤약볕 아래 뚜벅뚜벅 걸어 다닐 수도 없는 노릇이니 말이다. 머리 좋고 연구 잘하는 누군가가 어서 빨리 친환 경적인 연료를 만들어내길 고대할 뿐이다.

기름이 펑펑 쏟아지는 산유국들은 휘발유가 갤런 당 14센트에서 1불미만의 가격이다. 거기다 오일 머니(oil money) 역시 가득하여 세계 곳곳에 부동산을 사들이고 적잖은 투자들은 한다. 그렇지 못 한 국가들은 경제 사정이 점점 좋지 않아 살림살이가 어렵고 힘들 어지는 악순환이 계속 되고 있다. 미국도 예외는 아니다. 장기적인 경기 침체로 장사가 안 되는 정도가 아니라 아예 문을 닫아야 된다 고 아우성이다. 크고 유명한 쇼핑몰도 망한 가게들이 적지 않게 눈에 들어온다.

한인 타운도 가게 임대료와 인건비를 감당 못해 파산하는 경우 가 종종 있다. 얼어붙은 부동산 시장, 휘청거리는 금융 시장, 안 팔려서 재고로 잔뜩 쌓여 있는 자동차 시장…. 이 모든 것이 고유가 때문일까?

1970년대 오일 쇼크가 왔을 때 미국 중부의 와이오밍(Wyoming) 주, 유타(Utah)주, 콜로라도(Colorado) 주를 잇는 땅 밑의 커다란 유전을 시추해 본 엑슨 모빌(Exxon Mobil)이 있었다. 그곳엔 미국이 400년 동안 사용할 수 있는, 사우디아라비아보다 세 배 이상 되는 어마어마한 석유 매장량이 있다고 한다. 자연 환경을 파괴한다는 환경 보호론자들의 반대를 무릅쓰고 채굴을 시도했지만 1982년 5월, 결국 50억 불의 손해를 보고 엑슨은 철수하고 말았다. 주위에 있는 강물이 오염되기에 어쩔 수 없는 결정이었다.

이제 다시 신기술을 개발하여 쉘(Shell) 회사가 도전한다고 들었다. 바위 사이로 끼어 있는 유전에 700도의 고열을 3년 동안 가하면 녹아 나온다는 기름. 그 옆의 물줄기를 꽁꽁 얼려 흐르지 못하게 하는 기술이라고 한다. 하지만 아직도 물의 오염문제가 뜻대로 해결되지 않고 있다. 지금까지 1800배럴의 생산이 고작이라니 성공의 기쁨을 언제 알리려나 조바심도 생긴다.

다른 한 편으로는 인간의 두뇌와 자연과의 대결 같은 느낌이 들어 겁도 나고 썩 좋은 기분이 아니니 나만 그런 것일까. 원유 값이 끝 모르고 솟구치니 미국 대통령 후보인 오바마와 롬니도 선거 캠페인의 화두를 오일 문제로 삼고 있다. 고유가를 주도하는 나라들이 많을 때 나누어 주고, 잘살 때 보태주고, 있을 때 베풀어서 모두가 살기 편안한 세상을 만들면 안 되는 걸까. 오늘도 비싼 기름을 넣고 나니 공연히 속상하고 가슴이 아파 비 맞은 중처럼 중얼거려 본다.

모전여전

무심히 쳐다본 거울 속에 어머니가 서 계신 것이 아닌가. 자세히 들여다보니 내 모습이었다. 국화빵을 찍어 놓은 것처럼 똑같은 모습이었다. 이제껏 어머니를 닮았다는 생각을 해본 적은 없었다. 모두가 아버지를 쏙 빼닮았다고 했기 때문이다. 식성부터 버릇, 생김새까지 아버지와 닮아서 시집 가면 잘 살겠다는 이야기를 들으며 자랐다. 내로라 하는 재벌로 산 것도 아니고 궁색하게 산 것도 아니니 틀린 말은 아닐 것이다.

나는 헌신과 순종이 미덕이던 어머니와 같은 구시대 여자의 일생이 싫었다. 일제 강점기를 거쳐 전후에는 변두리에 사시며 절약과 인내가 몸에 배인 삶이었다. 남이 버린 물건을 다시 가져와 재활용해서 쓰시는 일, 식당에 가면 당신 음식은 주문하지 않는 것조차 마음에 들지 않았다. 절약이 지나치면 궁상이라고 몰아붙이던 나도 언제부터인가 그대로 따라 하고 있었다. 우리 부모님 세대는 혼란과 격동의 세월을 힘겹게 살아온 근검절약이 철두철미한 세대다. 그 정신으로 경제대국이 되고 국민소득 2만 불을 향해 가는 국가성장의 밑거름이 된 것이다.

어머니는 명문가의 딸로 학벌과 미모를 갖춘 분이었는데, 남편을 잘못 만났다. 아버지 역시 부인을 잘 만났다고 생각지는 않으실 것이다. 어머니는 전주 이씨 왕손인데 나중에 동서가 된 친척 아주머니의 중매로 아버지를 만난 것이다. 아침이면 널려 있는 연애편지들을 보고 외할머니께선 불미스러운 일이 생길까 염려되어 서둘러 혼인을 성사시켰다. 편지의 주인공들인 장교나 법대생에게 시집을 가셨다면 운명이 어떻게 바뀌었을까. 우리 집안인 강씨가 양반은 아니지만 중인은 된다고 위안을 삼고 급히 치른 혼사였다. 아버지 나이 스물 셋, 어머니는 갓 스물, 꽃다운 나이였다.

부부란 하나이면서도 다른 개체이다. 사람들은 부부가 서로 상대적인 관계로 만난다고 한다. 부모님도 예외는 아니었다, 금실이 나쁜 부부라기보다 뭔가 안 맞는 부부였다. 그런 두 분이 부부로 만날 수 있었던 것은 하늘의 섭리였다. 부모님은 성격 차이가 컸지만 많은 것들을 견디시고 우리 6남매를 바르게 키워 주셨으니 그

은혜가 넓고 크다.

어머니는 외향적인 성격에 꼼꼼하고 솜씨가 좋은 분이시다. 활달하고 열정적이며, 개방적이고 사교적이던 신여성으로 기억된다. 낯선 사람들과도 잘 어울리고 교제 범위가 넓으셔서 팔방미인에 속하는 분이었다. 남을 이해하는 폭이 넓고 딱한 이웃에게 친절하고 따뜻하셔서 주위 사람들에게 칭찬의 대상이 되었다. 정의의 용사같은 분이다 보니 집안에만 지내지 않고 사회 참여가 많으셨다. 그런 어머니를 아버지는 못마땅해 하셨다.

조용하고 말수가 적은 내향적인 성격의 아버지는 오직 내 가정, 내 가족에 대한 관심뿐이었기에 바깥출입을 자주하는 어머니의 행동을 싫어하신 것이다. 집안 살림에 충실하기를 원하는 아버지의 바람이 말다툼으로 이어져 가정에 평화가 없었다. 지혜로운 어머니는 싸우는 부모의 모습이 자식들에게 본이 안 된다고 판단하시고 외출을 자제하며 자식들을 위해 현모로서의 애정과 책임을 다하셨다.

어머니라는 자리는 결코 만만하고 녹록치 않다. 온전한 자기희생이 없이는 지키지 못할 자리이다. 고명딸로 곱게 자라 층층시하, 종갓집 장손의 맏며느리였으니 그 고초가 오죽했으랴. 하고 싶고 좋아하던 일을 포기해야만 했던 어머니의 인고에 세월을 생각하면 마음이 아프다. 모든 꿈을 가슴에 묻고 모성의 자리를 지켜오신 어머니! 시공관 무대에서 독창회를 하시던 어머니의 모습은 세월은 흘렀어도 밑그림처럼 생생하게 떠오른다. 살아 계시다면 이루지 못한 것들을 다 해보시라고 적극 후원해 드리고 싶다. 자녀들이 원하는 일은 무슨 일이든 할 수 있게끔 길을 열어주신 분이 어머니셨다. 자기를 버리고 자식을 위해 사는 것은 의미 있고 값진 일이다. 누구나 그렇게 못하기에 어머니의 생각이 더욱 간절해지는 것은 아닐까.

딸 셋이 사는 미국에 두 번 오셔서 집 뒷마당에 농사를 지어 푸짐한 밥상을 마련해 주신 잊지 못할 기억으로 나도 텃밭을 만들었다. 아래 동생들의 눈치를 보면서도 첫정이라고, 유독 큰딸에게 정성을 다하시던 어머니, 울컥 그리움으로 가슴이 떨린다.

어머니의 젖줄 탓일까. 나도 불쌍한 사람을 보면 측은하여 도와줄 궁리부터 한다. 내가 즐겨하는 일을 가족보다 우선순위에 두는 일을 서슴없이 한다. 점점 음성이 커지고 말하는 투, 아픈 증상, 걸음걸이까지 어머니를 닮아가고 있으니 핏줄보다 진한 건 없는 것 같다. 어머니의 삶을 보며 나는 어머니처럼 살지 않을 거라고 호언장담을 했었다. 그러나 그 어머니에 그 딸, 똑같이 닮아가고 있다. 어찌 모전여전이 아니겠는가. 못 말리는 핏줄의 내력이다.

우리는 함께 있다

불교 경전에 '집착이 있으면 근심이 있고 집착이 없으면 근심이 없다.'고 했다. 또 고통에 대해 언급하는 내용이 많다. 풍부하게 소유하는 것보다 풍성하게 존재하는 것이 삶의 목표임을 강조하고 있는 것이다.

한동안 연락이 없던 친구를 우연히 만났다. 얼굴에 서린 수심으로 웃음을 잃었다. 차 한 잔을 나누면서, 그녀 역시 경제의 어려움에서 겪는 고통이 심각하다는 것을 알 수 있었다.

오래 지속되는 불경기로 인해 미국 경제가 진통을 앓고 있다. 걱정이 태산인 사람들이 늘어나고 있기에 만나는 사람마다 얼굴에 웃음이 없는 것이 공통점이다.

불경기에 가장 고통을 겪는 사람들은 사업하는 사람들과 부동산을 많이 소유한 사람들이다. 적게 가진 자보다 많이 가진 자들이 더 고통스런 시절을 보내며, 하루아침에 애써 모은 재산을 날리는 최악의 사태가 벌어지는 경우도 있다.

사업하는 사람들은 매상이 뚝 떨어져 가격을 대폭 인하하며 버텨내고 있다. 어떤 이들은 자고 나면 주식 값이 내려가 재산이 줄어드니 피가 마르고, 부동산 부자들은 임대료를 못내는 입주자들이 늘어 고민하고 있다. 직장을 잃은 사람들, 살기 고달픈 서민들은 행여나 하는 꿈을 안고 로또 열풍에 휩싸이며, 한숨 속에 불경기를 지나다 보니 모두 주눅이 들어 마음속 풍경은 사막과도 같다.

미국의 사업체나 부동산은 현금으로 일시불로 구입하는 것이 아니라 부동산 가격의 일부만 내고 산 후, 잔액은 할부로 지불한다. 하나를 산 후 그 건물이나 가게를 저당 잡혀 다른 건물이나 가게를 사고, 건물이나 가게의 값이 오르면 은행에서 '에퀴티'를 융자받아 또 산다. 처음 시작할 때는 힘겹지만 은행과 거래가 잘되면 쉽게 확장할 수 있게 된다. 그러다 하나가 잘못되면 연쇄적으로 줄줄이 무너져 내려 결국 빈손이 되기도 한다. 가진 것에 만족할 줄 모르는 과욕이 불러오는 고통인 것이다. 무소유의 참다운 의미는 아무것도 가지지 말라는 것이 아니라 욕심의 노예가 되지 말라는 뜻일 것이다. 넘치는 소유로 인한 얽매임에서 해방되라는 의미이다.

인생이란 길 위엔 수많은 돌부리가 있다. 인생의 시련은 누구에게나 찾아오고, 그래서 우리는 수없이 넘어진다. 그때마다 툭툭 털고 일어나 다시 앞으로 나아가는 사람만이 먼 길을 갈 수 있다고 한다. 한 번 홍역을 앓고 나면 면역이 생기기 마련이다. 불경기라고 너무 주눅이 들 필요가 없다. 바닥을 치면 다시 올라갈 일만 남아 있을 뿐이니, 불황의 시간도 지나갈 것이다. '괜찮아, 참아낼 수 있어. 머지않아 호경기가 올 거야'라는 희망 속에 웃음을 잃은 이 시절을 버텨내야 하리라.

힘든 시절을 통과할 때 가장 영향을 끼치는 것은 혼자가 아니라 우리가 함께 있다는 자각이다. 고단한 시절일수록 조금씩 서로를 감동시키면 이 시절을 견디는 힘이 생길 것이 아니겠는가.

미지를 찾아서

타고난 성격은 못 고친다고 흔히 말을 하지만, 성격이란 고정된 것은 아니기에 나이에 따라 환경에 따라 달라진다.

어려서부터 내 집이 제일 편안하다는 안정에 대한 집착 때문이었을까, 집 밖으로 나가는 것을 싫어했다. 가족들이 함께 여행을 하거나 피서를 떠날 때도 어떤 핑계든 둘러대며 동행에 합류하지 않았다. 그런 성격 탓에 한국에서 가본 곳이란 오로지 설악산 뿐이다.

그런 내가 미국으로 건너온 후, 남들보다 일찍 찾아온 인생의 겨울을 맞으며 성격이 딴 사람처럼 변한 것이다. '눈물이 나면 기차를 타라'는 어느 시인의 말처럼 가슴이 답답해질 땐 집안이 싫어

아이들을 태우고 집을 떠나 여행길에 올랐다. 여행길에서 창밖에 펼쳐지는 미국의 광활한 들판과 원시의 훼손되지 않은 풍광, 또 낯선 풍물과 시시각각 변하는 아름다움을 보면서 숨통이 뚫리는 후련함과 위안을 느끼며, 떠나는 것이 기쁨이고 즐거움이 되었다.

나는 운전하는 것을 좋아하고 여행도 자동차로 다니는 것을 좋아한다. 고속도로를 내달리다 맥도날드에 들러 햄버거도 먹고 커피를 마시는 여유로움과 느긋함을 즐긴다. 도착하기 위해서보다 가는 과정을 좋아하는 것이다. 미국은 워낙 땅덩어리가 크니 갈 곳도 많고 볼 것도 많은 나라다. 새로운 곳에 대한 호기심이 새록새록 용솟음쳐 역마살이 낀 듯 주말이면 아이들을 태우고 그랜드캐년을 시작으로 유타, 옐로스톤까지 도깨비 여행을 다녀오곤 했다.

학교를 무단결석하게 된 아이들은 걱정으로 난리였지만 나는 학교 교육보다 직접 보고 체험하는 산교육이 더 중요하다는 말을 내세우며 우격다짐으로 다니곤 했다. 아이들이 청소년이 되면서부터 나를 따라 나서는 것을 강력이 거부했다. 그런 아이들의 모습에서 어린 시절의 내 모습을 보는 듯해 더 이상 강요할 수 없었다. 동행이 없는 여행은 재미가 없어 한동안 어딘가로 떠나지 못했다.

나이가 들며 친구들이나 한국에서 온 손님들을 안내하며 갔던 곳도 다시 갔다. 1,500마일의 먼 곳도 자동차로 다녀오곤 했다. 동행인이 다르면 몇 번 가본 곳도 갈 적마다 새롭게 느껴지는 게 여행이다.

여행을 할 때면 명소도 좋지만 이름 없는 유적지가 더 좋다. 명소는 이미 현대화의 물결로 채색되어 고색창연한 역사의 향기를 만끽하기가 힘들다. 이름 모를 산촌이나 농가의 문전을 지나가는 것도 좋다. 마당에 서 있는 과일나무며 그 밑에 놀고 있는 아이들, 창문에 어른거리는 여인의 모습 등은 서로 다른 민족의 습관 속에서도 공감을 느끼게 한다.

우리 집은 연중행사로 사계절 따라 캠핑, 스키, 골프, 낚시여행과 비행기를 타야 하는 장거리 여행을 한다. 온 가족이 함께 하는 가족 여행은 가족애를 더욱 단단히 다지는 기회가 되었다. 아직 우리에게는 미 대륙을 횡단하는 꿈의 여행 계획이 남아 있다.

여행은 많은 것을 남겨야 한다. 여행에 남는 것은 사진뿐이라고 정신없이 사진을 찍어내는 사람들도 있지만, 정말 남겨야 하는 것은 마음속의 아름다운 기억이다. 먼 훗날, 즐거운 추억으로 간직하기 위해서다.

사후에 하나님이 '너는 세상에서 어디 어디를 가보았느냐'고 물으실 때 가본 곳을 쭉 읊어대고 싶다. 여행은 내향성인 성격을 외향형으로 바꿔준 일등 공신이다. 스스로 길을 찾아가 자신이 직접 눈으로 보는 현장학습 시간에 내가 있다는 것이 참으로 큰 감사이다. 피곤한 세상살이를 겪어 내며 체력이 다 소모되기까지 활력

넘치는 삶을 위해 나는 신천지를 찾아 주저 없이 떠나는 여자일
것이다.

일, 십, 백, 천, 만

창문의 커튼을 젖히면 아직 밝지 않은 새벽길을 힘차게 달리는 차들의 헤드라이트가 길다한 꼬리를 남기며 지나간다. 어디론가 오늘의 목적지를 향해 출발하고 있다.

새해를 맞았다. 2012년도 새 달력을 집안 곳곳에 걸었다. 아름다운 여인들, 멋진 자연의 풍경이 들어 있는 산뜻한 달력은 광채를 내며 벽에 걸려 미소를 짓고 있다. 달력을 바라보니 옛날 옛적 일이 떠오른다. 달력 속의 여인이 밤이 되면 밖으로 나와 몹쓸 짓을 한다는 사촌의 말을 믿고 여인이 들어있는 달력은 무조건 걸지 않았다. 심지어 일본 친구가 선물한 예쁜 인형조차 요물같이 보여 과감히 버렸던 순진하던 시절이 생각나며 그 사촌이 그리워진다. 세계가

다 함께 경제의 어둠이 깊은 탓인지, 요즈음은 달력 인심도 예전 같지 않아 귀한 선물로 받는다.

계절이나 시간의 흐름에 동요됨이 없이 무심한 마음으로 지내왔다. 한 해가 가고 새해를 만나도 새롭다는 것에 특별한 의미를 두지 않아 새로운 각오, 새로운 기분으로 맞은 기억도 별반 없다. 세상을 살다보면 모든 일이 생각처럼 이루어지는 것이 아니었다. 뜻대로 되는 일보다 되지 않은 일이 더 많아 좌절도 하고 포기도 하면서 살았다. 살아 있다는 것은 시간 속에 있는 것이고, 산다는 것은 시간 속에서 자신의 운명을 헤쳐 나가는 일이다. 그것은 산에 오르는 사람과도 같고, 돛단배로 망망한 바다를 항해하는 사람과 같다는 것을 삶의 현장을 통해 배우게 된 것이다.

이순의 나이까지 살아오는 동안 아픔도, 갈등도, 눈물도, 번민도, 그리움도 많았지만 흘러가는 시간이 모든 것을 치료해 주었고 보다 나은 나로 성장시켜 주었다. 세월은 위대한 교사라고 하더니 정녕 시간은 나를 가르쳐 주고 지도해 주었다.

시간은 갈수록 빨리 달려가고, 우리의 하루는 다람쥐 쳇바퀴 돌듯 먹고 자고 일하고 또 자고 깨어나고 하면서 하루가 지새고, 한 달이 넘어가고, 일 년이 꿈결처럼 흘러가 버린다.

흘러간 물처럼 다시는 돌이킬 수 없는 시간, 나이를 먹어가니 시간의 가치에 대해 생각하게 되는 것은 사실이다. 지나온 날보다 앞으로의 날이 적어져 가는데, 한 시간의 허비나 낭비가 있어서는 안 될 것 같은 자각이 고개를 든다.

시간을 충실하게 만드는 것이 행복이라는 말이 있다. 행복한 삶을 가꾸기 위해 시간을 잘 쓰며 더 많은 노력으로 순간마다를 잘 살아내야 하리라.

새해는 언제나 기대와 희망으로 새 출발을 하는 가슴 부푼 기쁨을 준다. 새로운 시간은 모든 허물을 벗어던지고 다시 시작하는 재기의 기회다. 쓸데없는 것을 기억하는 것은 불필요한 소모일 뿐이다. 잊어야 하는 것은 말끔히 잊고, 꼭 필요한 것만 챙기고 욕망의 어리석음은 툴툴 털어내야 하리라. 또 새로운 출발선 위에 자신을 세우기 위해서는 기도의 내용이 더 많아져야겠다는 생각이다. 언젠가 읽었던 글이 가슴에 와 닿는다. 그것은 '일, 십, 백, 천, 만'의 법칙이다.

일: 좋은 일을 하루 한 번 이상 하자.
십: 사랑한다고 하루에 열 번 이상 말하자.
백: 하루에 백 번 이상 웃자.
천: 하루에 천 자 이상 읽자.
만: 하루에 만 보 이상 걷자.

새해 문턱에서 '일, 십, 백, 천, 만'의 법칙을 자신에게 전하는 주제로 택하려 한다. 용두사미 격이 되면 얻어지는 것은 아무것도 없다. 결실은 모두 끝에서 맺어지는 것이 아닌가. 초지일관하는 자세로 변화하는 내 자신을 만드는 일에 전념해야겠다.

삶과 정의 미학 수놓은 목리문 木理紋

鄭木日

(한국문인협회 부이사장, 한국수필가협회 이사장)

1. 수필은 인생의 자화상

수필은 삶으로 그린 자화상이다. 주제는 필자의 인생론이 아닐 수 없다. 좋은 수필은 읽고 난 뒤 오랫동안 마음에 남아 감동의 여운을 준다. '감동의 여운'이라는 것은 어떤 장면으로 남을 수도 있고, 또 느낌이나, 향기. 빛깔, 가락으로 전해올 수도 있다. 사라지지 않고 오래도록 독자들의 인생에 감동과 지혜와 깨달음을 주는 글일수록 좋은 수필이 아닐까 한다.

완벽에 가까운 글보다 진솔하고 격식 없는 수필이 마음을 끌어당긴다. 평온과 휴식을 안겨 주면서 인생론에 귀를 기울이게 만든다. 너무 완전무결하면 꾸며낸 것 같고, 짜맞춘 듯이 빈틈이 없으면 여유가 없어 보인다. 완벽보다 파격이 있으면 더 좋다. 빈틈도 보이고, 모자람도 있어야 미소가 나온다. 굳이 성공담과 미학만을 들을 필요도 없다. 오히려 실패담과 고행담에서 값진 교훈과 감동을 느끼게 된다.

수필은 인생을 담는 그릇이다. 인간이란 완벽하지 않기에 완벽한 수필도 있을 수 없는 일이다. 삶의 체험에서 얻어낸 금싸라기로 어떻게 감동의 보석을 만들어낼 수 있을까? 이 보석을 만드는 연금술은 어떻게 해야 할 것인가를 생각해 본다. 누구나 주제, 소재, 구성, 문장 등의 완벽성에 의한 작품을 원한다.

수필은 인생의 고백, 마음의 토로이다. 자신과의 소통을 통해 자아를 발견하며, 세상과도 소통한다. 풀벌레가 밤새도록 우는 것은 자신의 존재를 알리려는 의도이다. 우주 한복판에 안테나를 세워놓고 끊임없이 발신음을 보내는 것은 세상 어느 곳에서 단 하나의 수신자를 만나기 위한 것이다.

수필도 자신의 마음과 인생을 토로하면서 독자들과 소통하려 한다. 마음을 털어내야 홀가분해지고 맑아진다. 마음을 나눌 수가 없으면 진실한 관계가 되지 못한다. 시, 소설, 희곡 등 상상을 토대로 한 문학은 허구를 통해 소재를 끌어들이지만, 수필은 자신의 체험을 소재로 한다. 픽션은 상상과 흥미를 통한 소통장치라면 논픽션은 사실과 진실을 통한 소통장치이다.

사람들은 날마다 거울을 보고 산다. 제 얼굴을 가장 잘 아는 이는 말할 것도 없이 자신이다. 그런데도 거울과 사진을 보지 않은 채 자화상을 그리기는 실로 어렵다. 타인의 얼굴을 그리는 것이 더 쉬울지 모른다.

'나는 과연 어떤 존재인가?'

'인간은 무엇인가?'

이런 물음은 인간이 풀 수 없는 마지막 질문이다. 논리와 과학, 종교와 철학으로도 알 수 없다. 수필쓰기는 삶에 대한 성찰과 인생에 대한 깨달음이다. 자신을 알지 못하면 타인을 알 수 없으며 세상과도 제대로 소통할 수 없다. 자신의 인생을 비춰내려면 마음이 맑아야 한다. 마음의 연마를 통해 자신의 영혼을 비춰내야 한다. 마음을 맑게 닦아내려면 탐욕이라는 때, 화냄이라는 얼룩, 어리석음이라는 먼지를 씻어내야 한다.

수필은 마음의 대화이며 소통이다. 가슴속에 근심, 수치감, 열등감이 못, 한, 상처, 부끄러움으로 남아 있으면 마음이 무겁고 어두워진다. 마음을 씻어내지 않으면 안 된다.

참다운 수필쓰기는 자랑과 과시는 뒤로 감추고 과실, 용서, 참회를 통한 마음 열기와 정화에 있다.

수필의 효용성을 든다면 인생에 대한 기록과 발견이다. 인간의 평균 수명은 1백 년이 되지 못한다. 일회성(一回性) 일과성(一過性)의 삶을 지녔다. 인간은 삶의 제한성을 확대하고자 하는 열망으로 영원을 꿈꾼다. 인간이 만든 모든 것들은 시간의 침식으로 인해 소멸되며 사라지고 만다. 시간은 망각의 바이러스를 뿌려 인간이 남긴 그 어떤 것들도 부패와 소멸의 과정을 거쳐 지워지게 한다.

기록은 인간이 발견한 유일한 영원 장치이다. 기록을 통하지 않고는 영원을 얻을 수 없다. 자신의 삶과 인생이 영원을 수용하는 유일한 길은 기록뿐이다. 수필은 자신의 삶과 인생의 기록일 뿐 아니라, 인생에 대한 발견과 해석이다. 기록을 통해 존재의 영원성을 추구하고 있음은 인생에 대한 의미와 가치의 발견과도 무관하지 않다.

수필은 단순한 기록에 그치지 않고, 체험을 바탕으로 자신의 생각과 감정, 철학과 사상, 미의식, 인생관, 가치관, 상상력 등을 반영한다.

수필은 사실을 바탕으로 자신의 삶과 인생을 담아낸다. 사실과 체험을 근거로 하되 작가의 감정, 사상, 철학, 인생관, 미의식 등 인생 총체성으로 빚은 창작문학이다. 시, 소설, 희곡처럼 일정한 형식을 취하지 않고, 다양하고 자유스런 형식에다 인생에 대한 발견과 의미를 형상화한다. 허구를 전제로 상상을 통해 진실을 말하는 형식이 아니라, 사실을 전제로 체험을 통해 진실을 말하는 형식을 취한다.

수필은 인생의 경지가 높아야 작품의 경지가 높아진다. 영혼이 맑아야 문장에서 맑음이 흐른다. 정감이 있어야 문장에서 온기가 흐른다. 좋은 수필을 쓰기 위해선 좋은 인생 경지를 얻어야 한다.

좋은 수필을 지향한다는 것은 곧 좋은 인생의 발견과 지향이 아닐 수 없다. 수필쓰기는 인생의 발견과 의미를 부여하고 인생의 가치를 창출하는 일이다. 자신의 삶을 통해 깨달음의 꽃을 피어내는 게 수필의 행로요 자화상이다.

한없이 고요하고 한없이 조용한 깊은 밤중에 나는 불을 밝혀 놓고 넓은 공간, 거실의 식탁에 앉아 생각을 가다듬으며 글쓰기 작업을 시작한다. 내 주변에서 소재를 찾아 주제와 연결시키며 글을 써내려 간다. 쓰다보면 문맥이 막힐 때가 많다. 모든 생각을 글 쓰는 데 몰입하지만 구상이 떠오르지 않아 전전긍긍한다. 작품이 마음에 들지 않아 퇴고에 퇴고를 거듭하다 보면 지치고 만다. 글을 쓰는 것을 후회하기도 한다. 보기 싫어도 읽고 또 읽으며 퇴고할 수밖에 없는 나만의 아픔이다. 좋은 글이 나올 수만 있다면 쓰는 수고쯤은 얼마든지 감당할 수 있겠지만, 쓸수록 어려운 것이 수필임을 고백한다.

수필은 나를 낮추고 넓은 혜안으로 삶을 관조하는 글이며, 관조하지 않고 자기 성찰이 없이는 좋은 글을 쓰기 어렵다는 것을 점점 더 깊이 깨닫고 있다. 참으로 어렵고 힘들게 태어나는 수필 한 편을 선뜻 남 앞에 내놓기가 두려워 망설이게 되고 주눅이 든다. 그러나 희망을 잃지 않은 나의 소망이 샘물처럼 솟아나는 밤이 아니던가. 수십 장의 파지를 내면서도 글쓰기에 매달려 고뇌하는 올빼미 인간이 나다. 가장 좋아하고 편한 시간이 밤인 것을 난들 어찌하랴.

-〈올빼미 인생〉의 일절

가족들이 잠 든 밤에 홀로 수필을 쓰는 저자의 모습을 잘 드러내고 있다. 자의식의 촛불을 켜들고 자신의 삶과 인생을 들여다보고 있는 중이다. '쓸수록 어려운 글이 수필임을 고백한다.'고 토로하

고 있다. "수필은 나를 낮추고 넓은 혜안으로 삶을 관조하는 글이
며, 관조하지 않고 자기 성찰이 없이는 좋은 글을 쓰기 어렵다는
것을 점점 깊이 깨닫고 있다."고 고백하고 있다. 수필이 어떤 글인
지를 알고 수필의 길을 향해 정진하는 모습을 보여준다. 수필은
인생의 꾸밈없는 자화상이며, 인생의 발견이고 깨달음임을 자각하
고 있기에, 김성옥 수필의 진수와 행보가 돋보인다.

2. 삶과 정(情)의 미학

　수필가 김성옥 씨와는 인연이 깊다. 미국 L.A의 수필단체에서
수필 강연 요청을 받고 몇 차례 그곳에 간 일이 있었다. 수필 강연
이 끝나면 2박3일 정도로 국립공원이나 관광명소를 찾아 여행을
함께 떠나곤 했다. 그 때에 김성옥 씨를 알게 된 이후, 지금까지
가족들과 더 친밀하게 지내고 있다. 김성옥 수필가는 친화감이 있
어서 한 번 사귀면 정의 끈을 놓지 않고 지내는 사람이다. 이번에
회갑을 맞아 처녀 수필집을 간행하게 되었다. 60년의 한 나무, 일
생의 행적과 삶의 꽃과 깨달음이 보이는 목리문을 바라본다. 그가
하나의 나무라면 어떤 나무일까? 소나무, 참나무, 팽나무… 수많
은 나무 중에서 한 그루 감나무일 듯싶다. 한국인에게 감나무처럼
정겨운 나무도 없으리라. 감나무는 감꽃이 필 때부터 그냥 바라보

는 아름다운 꽃에 지나지 않고, 아이들의 간식거리가 되어 입맛을 달래주고, 풋감에서부터 홍시가 될 때까지 먹을거리를 제공한다. 가을이면 붉은 단풍으로 장식하고 주렁주렁 열린 감들로 말미암아 농촌은 주황빛 가을 찬양에 빠져들고 만다. 어찌 이 뿐인가. 겨울이면 감나무에 한 둘씩 다 따내지 않고 까치밥으로 남겨 놓아, 까치를 불러들인다. 또 기나긴 겨울밤에는 곶감으로 달콤한 밤을 보내게 한다. 감나무는 주변에 많은 것을 베푸는 크고 마음이 넉넉한 나무이다.

김성옥 수필가의 천성은 항상 주변 사람들에게 자신이 할 수 있는 최선을 다해 베풀기를 실천하는 사람이다. 감나무의 품성을 지녀서 주변엔 사람들이 모여든다. 이 같은 마음의 품을 어떻게 지니게 되었을까. 가진 게 없더라도 마음의 풍요로움을 취하고, 고통이 있지만, 태연한 표정을 보이고 있다. 남의 어려움을 그냥 보지 못하고 거들어야 하는 천성, 혼자만의 삶이 아니라, 나누며 어울려 사는 삶을 지향하는 품성을 보여준다.

이런 삶은 부유한 삶일 적에만 가능한 것이 아닐 터이다. 마음의 여유와 실천이 필요한 일이다. 김성옥 수필가의 이번 처녀 수필집은 60인생의 고백록이자, 삶에서 피워낸 깨달음의 꽃이다. 굽이굽이 인생의 지나온 삶의 궤적과 희비애락을 보여준다. 60년의 한 그루 감나무의 목리문을 들여다본다. 미국으로의 이민, 남편의 사망, 재혼 등 굴곡 많은 삶의 궤적 속에서 그를 견뎌내게 하고 일어서게 한 것은 정(情)의 힘이 아닐까 한다. 정은 끈끈하고 마음대로 떨쳐버릴 수 없다. 정은 삶에 활력과 애환을 주지만, 여성에 있어서 삶을 관통하는 감정 이상의 힘이 아닐 수 없다.

이십여 년 꽃 가게를 하며 발렌타인스 데이에 꽃 주문을 하는 손님들과 배달된 꽃을 받는 손님들의 다양한 반응을 보았다. 꽃을 주문하러 오는 손님은 남자들이 훨씬 더 많다. 자기 부인에게는 100불짜리 장미상자, 본인 어머니와 장모님께는 50불짜리 바구니. 아내와 장모님께 똑같이 80불어치 장미 한 다발을 주문하기도 하지만 자기 어머니께는 안 보낸다고 하는 사람도 있다. 왜냐고 물으면 "우리 어머닌 꽃 싫어해요. 꽃 보내면 혼나요." 하는 손님도 있다.

한국에 사시는 장모님까지 챙기는 일등 사위도 적지 않다. 세상이 많이 변해 '사위는 장모 사랑'이 아니라 '장모는 사위 사랑'이 된 것 같다.

이런 날 6~7백 불의 큰 돈을 들여 백 송이 장미를 주문하는 통 큰 사람이 몇 명씩 꼭 있다. 올해 같은 불경기에도 예외는 아니다. 백 송이의 장미를 누가 받을까. 그 꽃을 받는 여자가 더 궁금해진다. 얼마나 좋을까? 정말 행복한 사람이구나! 부러운 마음이 드는 것은 여심이다. 남들이 하니까 안 하면 일 년 내내 잔소리 듣기 싫어 왔다는 분은 "싼 걸로 대충 해 줘요.” 하며 휭하니 챙겨 나간다.

80세 넘은 고령의 할아버지께서 “우리 할망구 주게 장미 한 개만 예쁘게 싸 주구려.” 한다. 노부부의 따스한 사랑이 감동적이다. 자기 부인과 두 살 난 딸에게 줄 꽃까지 사는 로맨티스트도 있다. “정말 까무러치게 멋있게 만들어 주세요. 프러포즈 성공하면 결혼 꽃 주문하러 꼭 올 게요.” 여자친구에게 선물할 꽃을 사러 오는 젊은이들이 싱그럽고 보기 좋다. 나이 탓인지 그 발랄함과 순수함이 아름다워 보인다. 그렇듯 꿈 많고 청순했던 시절이 나에게도 있었는데…. 넋을 놓고 바라보다가, 나를 툭 치며 묻는 소리에 놀라 정신을 차린다.

“노랑 장미는 무슨 의미지요? 여자 친구가 노랑 장미를 좋아하거든요.”

빨강색은 기쁨 열정, 흰 장미는 존경 순결이고, 핑크색은 행복한 사랑 맹세며, 노랑은 질투, 완벽한 쟁취, 파랑색 장미는 불가능… 등등 나는 외우는 꽃말 상식을 총동원해 알려준다.

요즘은 전화나 인터넷으로 주문하는 양이 직접 찾아오는 것보다 대체로 더 많다. 배달할 주소, 받는 사람, 보내는 사람, 메시지 등을 묻는다.

브라이언이란 남자의 이름으로 인터넷 주문이 있었다. 사랑의 표현을 진하게 쓴 꽃을 주문 받았는데, 나중에 알고 보니 본인이 자신에게 주는 꽃이었다. 사무실에 있는 동료들은 모두 꽃을 받아 책상 위에 있

는데, 자기만 꽃을 받지 못하면 자존심도 상하고 싶기 불편한 꼴이 되
어 그렇게 한 것을 알고 가슴이 짠했다.

—〈Valentine's Day 단상〉의 일절

꽃집을 경영하던 경험을 통해 사랑의 표현법과 양태를 보여준
글이다. 발렌타이절을 맞아 장미꽃을 선물하는 풍속에 따라 주변
의 사랑하는 사람들과 가족들에게 장미꽃을 배달하려는 사람들의
솔직한 마음을 전해준다. 순수한 정의 깊이와 감동은 장미의 양이
나 돈에 좌우되는 게 아니라, 진실하고 순수한 마음의 전달에 있음
을 알려주는 글이다.

"우리 할망구 주게 장미 한 송이만 예쁘게 싸주구려." 한 80을
넘긴 할아버지의 말이 감동스럽고, '사랑의 표현을 진하게 쓴 꽃을
주문받았는데, 나중에 알고 보니 본인이 자신에게 주는 꽃이었다.'
는 대목이 가슴을 짠하게 한다. 우리는 모두 사랑을 받고 싶어한
다. 하지만 사랑을 베풀기에는 서툴고, 먼저 사랑받기만을 기다린
다. 사랑을 받는 사람은 먼저 사랑을 행할 줄 아는 사람이다.
〈Valentine's Day 단상〉은 사랑의 표현법과 의미를 짚어본 작품
으로 저자만의 관찰력과 분석력이 빛나는 작품이다.

그 시절 기러기 가족으로 지내던 우리 식구들은 남편이 직장에

사표를 내고 미국으로 이주해 옴으로써 다시 함께 살게 되었다. 그러나 미국에 온지 두 달 만에 남편은 임파선암이라는 진단을 받고 의료보험의 혜택이 있는 서울로 되돌아갈 수밖에 없었다. 다시 이산가족이 된 나는 남편을 위해 아무것도 할 수 없는 한심한 아내였다. 이런 나를 위해 친구는 남편의 병간호는 물론 최후의 임종까지 지켜 주었다. 친구가 베풀어준 사랑은 우정을 넘어선 동기간의 사랑과 다름없는 것이었다. 사는 일이 무엇인지 받은 사랑에 보답도 못한 채 늘 빚진 자의 마음을 안고 산 세월이 십여 년, 그 세월 따라 나는 재혼을 했다. 그런데 어느 날 한국에 출장 중이던 지금의 남편과 미자네 부부가 함께 만난 것이다. 서울에서 돌아온 남편은 정이 많고 따뜻한 분들과 뜻 깊은 시간을 즐겁게 보냈노라고 했다.

봄이 멀지 않은 2월 어느 날이었다. 회사 거래처에서 손님들이 오는데 공항 마중을 나가야 한다는 남편의 말이 달갑지 않았지만 따라 나섰다. 입국장 의자에 앉아 오는 손님들에게 어딜 구경 시켜 드려야 하나 궁리를 하면서 시선을 돌리는 순간, 나는 전기에 감전된 듯 그 자리에서 꼼짝할 수가 없었다.

저만치서 미자네 부부가 나를 향해 걸어오고 있는 게 아닌가! 꿈같은 생시였다. 기쁨의 눈물을 흘리며 우린 뜨거운 포옹을 했다. "바빠서 올 형편이 아닌데 네 남편이 비행기 표를 두 장 사놓고 가서 만사 제쳐

놓고 왔다."는 친구의 설명이 이어졌다.

열흘 동안 우린 행복한 시간을 보냈다. 마음과 마음이 통하는 진실한 친구와 함께한 생활은 새로운 힘을 용솟음치게 만들었다. 남편의 속 깊은 배려로 늘 가슴을 무겁게 누르던 돌덩이가 사라졌다. 재회를 약속하고 떠나던 날, 우리는 작별인사를 나누며 헤어지기 아쉬워 울고 또 울었다.

'잊지 못할 이 세상을 놓고 떠나려 할 때/ 저 하나 있으니 하며/ 빙긋이 눈을 감을/ 그 사람을 그대는 가졌는가' 공항을 빠져 돌아오는 길에 이 시 구절이 떠올랐다. 이제 내 삶도 중턱을 훌쩍 넘어섰다. 언젠가 인생을 내려놓고 먼 길을 떠날 때 "저에겐 친구가 하나 있어요. 그 사람은 이미자예요."라고 말할 수 있어 나는 행복하다.

-〈나에겐 친구가 하나 있어요〉의 일절

사람이 살아가면서 많은 친구들을 가졌겠지만, 진실한 친구를 갖기란 싶지 않다. 평생에 뜻과 마음을 같이 할 친구를 갖는다는 것은 지극히 어려운 일이다. 극심한 생존경쟁과 이기주의적인 오늘날에 있어선 참다운 친구를 얻기란 어렵다. 〈나에게 친구가 하나 있어요〉는 60 인생의 한가운데 찬연히 드러내는 정의 광채이다. 인생에 이런 정의 광채가 있어서 목리문이 아름답다. 밋밋하고 평범한 삶으로 짠 무늬가 아니다. 삶의 고통과 인내, 절망과 위기의 순간을 넘길 수 있는 용기와 힘이 된 것은 정의 힘이요, 미학이다. 김성옥 수필이 피워낸 깨달음의 꽃엔 정의 향내와 색채가 묻어난다.

3. 베풂의 삶과 향기

김성옥 수필가가 짠 삶의 목리문에선 베풂의 철학과 실천이 있다. 그는 주변의 어려움에 고개를 돌리지 않고, 베풂을 행할 줄 아는 사람이다. 인정의 꽃은 베풂의 지혜와 실천에서 피어난다. 김성옥 수필가는 함께 살아가는 삶을 지향하면서 서로 어깨동무하며 의지하려 한다. 이런 천성과 근성 때문에 그의 수필에선 인정의 미학이 있고, 베풂의 여운이 있다. 끈끈한 의리와 변함없는 정리가 스며있다. 그의 수필이 따스한 체온을 가진 것도, 무언가 가슴을 훈훈하게 해주는 것도, 삭막함을 지워주는 것도 베풂의 향기가 있기 때문이다. 이런 베풂의 향기는 가진 자들의 적선행위가 아닌, 어려운 고난을 겪어본 사람만이 속속들이 그 마음을 이해하고 감싸 안을 수 있는 인생체험에서 우러난 심정이며 토로이기에 진정성으로 다가온다.

식물도 동물도, 사람까지도 커가면서 겪는 성장통이 있다. 그 과정을 순탄하고 별 탈 없이 유지한다면 축복이요 은혜일 것이다. 커가는 과정에서 따듯한 사랑과 보살핌과 정이 더해지면 구박받고 따돌림을 당한 것보다 분명 나을 것이다. 사랑을 많이 받고 자란 사람은 역시 많이 나눌 줄 안다. 과보호와 잦은 간섭은 기를 죽이고 나약하게 만드는 요인이 되지 않을까.

요즘 사람들은 자녀를 하나 둘만 낳고 단산을 하니 여러 형제가 티격태격하며 자란 우리와 질적으로 다르다는 것을 느낀다. 자기중심의 이기적인 아이들이 대부분이다. 나눌 줄도 베풀 줄도 모르며, 고집불통으로 자라는 아이들이 신세대 아이들이다. 남들보다 더 가져야 하고 성공해야 하는 올무에 매여 스스로 여유를 잊고 사는 것 같아 답답하다. 내 어린 시절이 그리워져 자꾸 기억함은 나이 탓만은 아닐 것이다.

긴 여름을 무더위와 씨름하다 보니 힘든 건 나뿐만이 아니라 뒷마당의 나무와 채소들도 마찬가지였나 보다. 물을 아껴 쓰라는 주 정부의 간곡한 부탁에 동의하며 찬성한 결과도 한 몫을 단단히 거든 건 사실이다. 뜨거운 태양 볕을 쬐며 한껏 농익어야 할 열매들이 하나 둘 힘없이 떨어져 누워 있다. 노랗게 익어야 할 레몬 나무도 받은 사랑을 갚지 못해 미안한지 우두커니 서 있는 것이 안타깝다. 은혜를 모르는 게 어찌 말 못하는 너뿐이겠는가. 생선 썩힌 비료가 좋다기에 고약한 냄새에도 코를 막고 부어주었다. 물도 아깝지 않게 자주 주고 벌레 먹은 잎사귀도 떼어주었다.

이제 대여섯 송이 피어난 향내 나는 레몬 꽃을 보니 신기하고 반가웠다. 어려운 조건이었지만 탐스러운 열매로 보답할 날을 기다려본다. 그 댁 아들이 출소하여 만나는 날, 시원한 레몬주스를 잔에 가득 따라 주리라.

-〈레몬 나무〉 일절

〈레몬 나무〉는 베풂의 생리와 미학을 들려준다. 오늘날 부모들은 대개 한 자녀나 두 자녀만 가지기에 자녀들은 자기중심적인 사고를 갖고 있으며, 이기주의적인 면이 강하다. 남을 배려하거나 베풂에 대하여 신경을 쓰지도 않는다. 베풂이 없는 삶은 사랑을 받지 못하는 결과를 얻게 된다. 협동, 협조, 격려, 헌신이 없는 삶은 허전하다. 편지를 받고 싶으면 먼저 편지를 써야 하며, 선물을 받고 싶다면 먼저 선물을 해야 한다는 쉬운 이치를 잊기 싶다. 김성옥의 수필은 베풂의 미학과 실천이 있어서 정답고, 그리움마저 선물해 준다. 베풂이 없는 삶과 사회는 얼마나 삭막하고 비정한 것인가. 김성옥의 수필에서 보여준 베풂의 철학은 맹목적인 모성의 생리와 역동성에 닿아있다. 베풂이 삶의 생리가 되고 있으며, 어떤 계산이나 기대를 하지 않는 순수한 행위로 이뤄짐을 보여주고 있다. 황량한 사막에 한 줄기 온정의 생명수를 흘려보내는 일일 수 있다.

4. 삶의 깨달음과 지혜

김성옥의 수필은 작자의 자화상이니만큼 인생적인 경지가 비춰 보인다. 수필은 곧 인생이므로 수필의 경지는 곧 인생의 경지이다. 평탄하고 유복한 인생보다 굴곡이 많고 험난한 길을 걸어온 인생에서 더 온기와 용기와 지혜를 얻게 된다. 김성옥 수필가도 굴곡과 어려움이 많은 길을 헤쳐 온 인생 역정이다. 그렇기에 더욱 애착이 가고 잘 익은 모과 빛깔과 향기가 나는 것을 느낀다. 굴곡과 어려움이 없는 인생에서 어찌 교훈과 감동을 얻을 수 있으랴.

자신의 인생 빛깔과 향기를 낼 수 있으려면, 어려운 인생의 고비와 굴곡에서 얻은 고통과 인내의 자국에서 성숙된 깨달음의 꽃이 있어야 한다. 김성옥의 수필이 보이는 겸허하고 진실한 모습은 삶의 아픔과 고비에서 얻은 개척의 뚝심이 있다. 이것은 정의 미학과 베풂의 삶에서 얻어진 용기가 지혜가 아닐 수 없다.

요즘 들어 부쩍 품위라는 소릴 자주 듣는다. 행동도, 말도, 글까지 품위가 있어야 된다고 한다. '남의 존경과 인정을 받을 수 있는 인격'이라는 품위는 하루아침에 만들어지는 것이 아니다. 자아의 완성과 오랜 내공을 통하여 생기는 것이리라. '침묵은 금이고 말은 은'이라 해서 듣는 귀만 가지면 어떨까 했다. 그런 식으로 듣기만 했더니 조신하게 보기는커녕 모두들 화가 난 줄 오해하였다.

내 친구 중 M은 조리 있는 말솜씨로 남을 위하고 칭찬하는 좋은 말을 자주 한다. 그런 언어는 마음과 마음을 이어 주고도 남는 것 같다. 내가 알기엔 그렇지 않은데도 듣기 좋고 기분 좋게 이야기를 한다. 그녀는 상대방을 배려하고 관심 가져 주는 사시춘풍 같은 매력 있는 대화의 능력을 가졌다. 하긴 나에게도 게으르다는 말보다 여유 있어 보인다고 말하는 것이 정겹게 느껴진다. 그렇지 않더라도 모나지 않은 소리를 해 준다면 나쁠 것은 없을 것이다. M처럼 아프거나 절망하거나 슬프거나 힘든 사람에게 위로의 말과 희망의 말을 해줄 수 있는 마음 씀씀이가 부럽다.

돈 안 들고 큰 노력 없이도 할 수 있는 말씀 봉사는 할수록 대화의 소통이 수월해진다. 고맙다는데, 미안하다는데 눈치 줄 사람은 없을 것이다. 모이면 남의 흉보고 자기 자랑하는 시간 대신 남을 칭찬하고 자신을 반성하는 기회로 바꿔야겠다.

– 〈립 서비스〉의 일절

김성옥의 수필은 성숙의 미학이랄까, 깨달음의 꽃을 피워내려는 마음의 평화, 진실의 삶에 근거를 두고 있기에 더욱 마음이 끌린다. 소재들은 평소의 삶과 일상에서 얻어낸 사소한 것들이지만, 발견, 창조, 깨달음, 음미, 소통의 미학이 있다. 삶의 발견과 방향

점검이 있고, 깨달음의 미소가 있다. 그에게 수필쓰기는 삶의 완성을 위한 발견과 모색의 길임을 보여준다.

60 인생의 삶을 꿈, 정, 베풂, 깨달음의 꽃으로 피워낸 유려하고 향기로운 목리문(木理紋)을 본다. 목리문 한 줄씩마다 새겨나간 무늬가 예사롭지 않다. 일생의 체험적인 굴곡과 깊이에서 얻어진 빛깔과 향기가 있다. 곰삭은 묵은지의 숙성된 맛이 있다. 갑년을 맞아 처녀 수필집의 상재를 축하한다.

다우니의 조약돌

2012년 11월 5일 1판 1쇄 발행

지은이·김성옥 | 발행인·이선우
펴낸곳·도서출판 선우미디어
등록 | 1997. 8. 7 제300-1997-148호
110-070 서울시 종로구 내수동 75 용비어천가 1435호
☎ 2272-3351, 3352 팩스: 2272-5540 sunwoome@hanmail.net
Printed in Korea ⓒ 2012 김성옥

값 10,000원

※ 잘못된 책은 바꿔 드립니다.
※ 저자와 협의하여 인지 생략합니다.

ISBN 978-89-5658-330-3 03810